取調室

静かなる死闘

笹沢左保

祥伝社文庫

目次

第一章　事件と逮捕

1

　その客は午前九時に、フロントに現われた。メガネをかけた男である。白のワイシャツ、水色系統のネクタイ、紺のスーツという服装であった。厚めのアタッシェケースと、洋傘を手にしている。髪の毛が、三分の一ほど白い。

　瘦《や》せ型、長身である。目鼻立ちが整っていて、気品があった。アカ抜けていて、知的な容貌《ようぼう》といえる。いわゆるインテリで、学者タイプの顔だった。

　客はカウンターに部屋の鍵と、冷蔵庫内の飲みものの飲用伝票を置いた。客は当然、チェックアウトの手続きを求めているのだ。フロント係は時計を見て、九時という時間を確認した。

東京都杉並《すぎなみ》区阿佐谷北《あさがやきた》七ノ五ノ一
小田垣光秀《おだがきみつひで》　502
小田垣悦也《えつや》　512

宿泊カードには、このように記入されている。502、512はルームナンバーであり、フロントで書き込んだ数字である。二人連れだが、部屋も二室であった。

五日前に予約を申し込み、昨日の午後四時に二人そろってチェックインした。予約は一泊となっているから、今日の午前中のチェックアウトは予定どおりということになる。ただしフロントに現われたのは、五十年配の紳士ひとりだけだった。

「とりあえず、五〇二号室の会計をお願いします」

笑いのない顔で、客が言った。

「小田垣光秀さまでございますね」

フロント係は、そう念を押す。

「そうです」

アタッシェケースを、客は床に置いた。

「五一二号室のお客さまは、のちほどということになりましょうか」

わかりきっていることを、フロント係は訊《き》いた。

「息子はまだ、寝ているらしいんでね。昨夜《ゆうべ》は息子と別行動だったんで、彼がどこで食べたり飲んだりしたのか、何のルームサービスを頼んだか、まるでわからないんですよ」

客は革の札入《さつい》れを、上着の内ポケットから抜き取った。

小田垣光秀と悦也は親子なのだと、フロント係は胸のうちでうなずいた。小田垣光秀が父親で、悦也が息子なのだ。父親が泊まった五〇二号室はシングル・ルームで、息子がいる五一二号室はツインの部屋であった。

親のほうが値の安い部屋に泊まり、子はひとりでツイン一室を占領している。あべこべのようだが近ごろ珍しくないことなので、フロント係は何とも思わない。

昨夜、親子が別行動をとったというのも、よくあることなのでフロント係はべつに驚かない。なるほど父親は昨夜ひとりで、ホテル内の和食レストランで食事をしている。

息子のほうは部屋で、昨日の夕食をすませていた。スープ、ステーキ、量の多いレタスとトマトのサラダ、それにミルクのルームサービスを注文している。

「あの失礼ですがホテル内でのご飲食でしたら、こちらへ伝票が回ってきておりますので、五一二号室のお客さまの分もご一緒に計算できますけど……」

若いフロント係は、正直なうえに無遠慮《ぶえんりょ》だった。

「ああ、そうなの。だったら払いますから、急いでください」

小田垣光秀という客は、フロントの壁時計と自分の腕時計とを見比べた。

「承知いたしました」

フロント係は、コンピュータと向かい合った。

小田垣光秀という客には、間に合わさなければならない時間があるらしい。そうでなければ息子をホテルに残して、先に出発するようなことはしないだろう。

息子の分は息子に任せて、自分の支払いだけをすませようとしたのも、小田垣光秀には時間がなかったからにちがいない。ひとり分の支払いのほうが、早く簡単に終わると思ったのだ。

しかし、いくら二部屋に分かれていようと、一枚の宿泊カードに記載されている二人の客の勘定は、やはり一緒にまとめて払ってもらいたいものである。そのほうがあとあと面倒なことにならないと、フロント係はルールを重んじたつもりでいた。

「毎度、ありがとうございます」

フロント係は、請求領収書を差し出した。

「はい」

明細や伝票には目もくれずに、小田垣光秀は一万円札をカウンターのうえに並べた。

「五一二号室のお客さまには、のちほど冷蔵庫のご利用の分だけをお支払いいただきますので……」

フロント係は、頭を下げた。

「お世話さまでした」

小田垣光秀は、釣り銭と千円紙幣を数えることなくポケットに入れた。

小田垣光秀は、フロントの前を離れる。足早に、正面玄関へ向かう。左手でアタッシェケースを提《さ》げて右手に洋傘を握り、ロビーを突っ切って行く小田垣光秀の後ろ姿を、フロント係は何となく見送った。

小田垣光秀がどこの何者であるかを、ホテルのフロント係が知るはずはなかった。だが、小田垣という姓には、引っかかるものがあった。小田垣とはやたらにある姓ではないが、まったく知らないという気がしないのだ。

小田垣悦也となると、なおさらそうなのである。

見覚えか聞き覚えかわからないが、記憶のどこかに小田垣悦也という名前が残っている。タレントやプロスポーツの選手のように、顔の売れた有名人ではない。

その証拠に小田垣悦也という名前は気にかかるが、顔となると思い出すことができなかった。もっとも、そんなことばかり考えていられるフロント係ではない。フロントの周辺は、しだいに騒がしくなる。

これから午前十一時までは、宿泊客の出発タイムであった。支払いをすませる客が、絶え間なくカウンターの前に立つ。客を待たせてはならないので、キャシャーのフロント係を三人に増やす。

あっという間に、午前十一時をすぎる。フロントのカウンターは、一変して閑散となる。談笑する人たちの姿が、ロビーとコーヒーラウンジに多く見られた。

三人の若い女が、コーヒーラウンジへ向かっている。若いフロント係は、それを何げなく目で追った。三人とも、ケースに収めたテニスのラケットを持っていた。コーヒーラウンジを利用するだけで、ホテルの宿泊客ではない。

ふとテニスのラケットに、小田垣悦也という名前が重なった。彼もテニスを趣味としている若いフロント係は、そうだと思わず指を鳴らしていた。

小田垣悦也という名前をなぜ記憶していたかを、若いフロント係は一瞬にして思い出したのであった。

全国学生テニス選手権大会——。

それに出場して去年と今年、続けて優勝したのが東都《とうと》大学の小田垣悦也だったのだ。二年連続のチャンピオンのことは、何度か新聞の記事になっている。

自分もテニスが好きなフロント係は、興味があってスポーツ新聞の記事を熟読した。テレビの中継録画で、決勝戦の一部も見ている。それで小田垣悦也という名前を、覚えていたのであった。

小田垣悦也となると一般的な名前ではないから、同名異人ということはないだろう。有名人ではないがテニス愛好家のあいだでは、少しばかり名を知られている。

学生テニスの二年連続チャンピオンが九州のホテルに泊まっていると、フロント係は妙なことに感心していた。ラケットを持った女の子たちにそのことを教えたら、おそらくキャーキャー言うのにちがいないとフロント係は、優越感のような気持ちを抱いていた。

そのあとでフロント係は、田舎者は有名人好きだと笑われるかもしれないと、ちょっぴり反省した。

正午になった。

小田垣悦也は、まだロビーへ降りてきていない。ホテル内のレストランやルームサービスで食事をした、という小田垣悦也のサインもフロントへは回ってこなかった。食事の代金を、現金で支払ったとは考えられない。

小田垣悦也は何も食べずに、部屋で寝ているのだろうか。

ただ五一二号室の客が午前十一時三十分から十三分間、外線電話を東京にかけたことはフロントに記録されている。東京へ十三分間も電話をかけたとなると、小田垣悦也が眠っているとは思えない。

午後一時を回った。

一泊の時間を、オーバーしていた。延長の料金を、請求しなければならない。

午後二時をすぎた。

外線から小田垣悦也へ、電話がかかった。フロントの奥に、交換台がある。フロントの女子事務員が、電話の処理を任されている。いつまでコールしても、五一二号には応答がない様子だった。

「小田垣さまは、お出になりません」

女子事務員の甲高《かんだか》い声が、奥からフロント係の背中に届いた。

午後三時に再び外線電話がかかったが、やはり五一二号の応答はなしに終わった。三時二十分にフロントマネージャーが、五一二号室へ内線電話を入れた。

三分間も電話を鳴らしっぱなしにしたが、誰も出ないということに終わった。小田垣悦也が眠っているとは、もはや考えられなくなった。

「五一二号室のお客さまのルームキーを、受け取ってはいないんだね」

フロントマネージャーは、江口《えぐち》という若いフロント係に声をかけた。

「キーもお客さまも、まったく見かけていません」

江口は、激しく首を振った。

「仕様がない。四時になったら、五一二号室を覗《のぞ》いてみよう」

フロントマネージャーは、蝶《ちょう》ネクタイに手を触れた。

正面玄関の手前に、二階へと地階への階段がある。二階への階段は大小の宴会場、会議室に通じていた。地階は、ショッピング・アーケードになっている。その階段と正面玄関の付近は、死角になっていてフロントから見通せない。

だが、三階以上にある客室を利用する宿泊客は当然、エレベーターを使うことになる。エレベーターホールはフロントの斜め左側にあって、エレベーターに乗り降りする人間はよく見える。

午後四時になるのを待って、そのエレベーターにフロントマネージャーが乗った。マスターキーを持って、江口もそれに従う。五階で降りると、無人の廊下が延びている。廊下の左側の部屋がシングル、右側がツインになっていた。

父親の小田垣光秀が一泊した五〇二号室と、向かい合って五一二号室のドアがある。ドアのノブに、『起こさないでください』の札《ふだ》が掛けてあった。

その札が出ていれば、部屋の掃除《そうじ》も行なわれない。客の指示どおり、そっとしておかなければならないのだ。しかし、部屋の中で小田垣悦也が、眠っていることはありえない。あれだけ鳴らした電話のコールサインで、目を覚まさない人間はいなかった。

それでも念のために、フロントマネージャーが三度、ドアのノックを繰り返した。返事がなく、ドアも開かれない。フロントマネージャーが、江口に目配せをする。江口はマスターキーで、鍵をはずした。

チェーンロックが施《ほどこ》されていないので、ドアは簡単にあいた。

「ごめんください」

「失礼します」

フロントマネージャーと江口は、室内へはいった。浴室とクローゼットのあいだを抜けると、部屋全体が見渡せる。二つのベッドの一方が寝乱れているが、寝ている人間の姿は認められない。

三点セットのテーブルのうえに、ボストンバッグが置かれている。江口は浴室と、クローゼットの中を覗いた。浴室には、人影がない。クローゼットの中には、スーツがハンガーに吊ってあった。

「服がありますから、部屋を出ていないはずですよ」

江口の動悸《どうき》が、急に激しくなった。

奥のベッドの足もとに立って、フロントマネージャーが声を発した。

「あっ……！」

江口は駆け寄って、ベッドと壁のあいだに目を落とした。大きく吸い込んだ息をとめて、声を出すことができなかった。そこには背の高い若者が、俯《うつぶ》せに横たわっていた。ホテルの浴衣《ゆかた》を着ていて、スリッパを片方だけはいている。

「お客さま、お客さま！」

フロントマネージャーが、声高《こわだか》に呼びかけた。

酔っぱらって寝込んでいる、あるいはベッドから転げ落ちても目を覚まさずにいる、というふうに考えたかった。だが、若い男はびくっともしないし、目をあけることもない。

それに、倒れ方がどことなく、不自然に感じられる。

「あれは……」

江口は、男の頭を指さした。

俯せに倒れているが、顔は横向きになっていた。左の耳のうえあたり、つまり側頭部がよく見える。江口はそこに、損傷が生じていることに気づいたのだ。

腫《は》れ上がった部分に、裂傷《れっしょう》が走っている。量は大したことはないが、流血が凝固していた。眠っているのではなく、死亡しているものと判断しなければならない。

倒れたときどこかに打ちつけた傷なのか、それとも誰かに一撃を浴びせられたのかは、素人《しろうと》に見分けられるはずもない。要するに、変死には違いなかった。

「一一〇番だ」

フロントマネージャーの顔は、紙のように白かった。

2

九州の佐賀というところは、全国的によく知られている県とは言い難《がた》い。佐賀県の存在そのものが、非常に地味なのである。地理的に中央ラインをはずれていて、中途半端なところに位置することも大いに影響している。

佐賀県は東に福岡県と、西に長崎県との県境を接する。北は玄界灘《げんかいなだ》、南は有明《ありあけ》の海となる。三分の二が平野部、三分の一が山地という農業県であった。

人口は多くないが面積が狭いので、人口密度は決して低いほうではない。緑と水に恵まれていて、むかしながらの自然美に満ちている。

しかし、近ごろは観光資源が豊富か、大都市化されるか、交通の要地かでない限り、全国の注目を集めることはできない。派手にクローズアップされる有名県には、とてもなれないのである。

佐賀県もそういう意味で、以前から置き忘れられたように華やかさに欠けていた。観光の目玉になるものがなく、全国に知れ渡るような一大パノラマの景観が、あちこちにあるわけでもない。

むかしの日本人は佐賀に結びつくものとして、葉隠《はがくれ》、鍋島直正《なべしまなおまさ》公、江藤新平《えとうしんぺい》、名護屋《なごや》城、伊万里《いまり》と有田《ありた》の焼き物、嬉野《うれしの》温泉、有明海の珍味《ちんみ》ぐらいは承知していた。

ところが、日本の歴史と地理がおろそかにされる時代になって、そういうことも知らない日本人が増えた。伊万里と有田は長崎県だと思っている人が、意外に多い。

全国に喧伝《けんでん》された吉野ヶ里《よしのがり》遺跡にしても、東日本では初めのうち福岡県にあるものと、決め込んでいる人々が少なくなかった。吉野ヶ里とはどこにあるのかという質問も、珍しくなかったようだった。

佐賀という県名が、影が薄いように感じられる。何かと結びつけようとしても、佐賀県という地名が浮かんでこない。佐賀県と聞いて頭の中に地図を描いても、さてどこにあるのか明確にわからない、と言う人が大勢いる。

だが、それは同時に佐賀県がいかに非植民地的な伝統の影響を受け、平和でのどかな生活を営める環境にあるかを、物語る証明でもあった。新しさを求めながらも古きを守る、という純粋性に富んだ土地柄なのだ。

佐賀県の県庁所在地は、もちろん佐賀市ということになる。人口が約十七万人、林立する高層ビルが空を狭《せま》くするということのない旧城下町であった。

佐賀城の城跡に県庁、各官公庁、美術館、テレビ局、各会館などが集まっている。その名も、城内《じょうない》一丁目となっていた。県庁の北側に、堀と国道を挟んで警察本部の近代的なビルが建つ。

同じく県庁の西に、ホテル・ニューグランド佐賀が堀の水面《みなも》に影を落としている。佐賀市では唯一、本格的な国際ホテルだった。そのホテル・ニューグランド佐賀から、宿泊客が変死を遂げたという一一〇番通報があったのである。

頭部に殴打《おうだ》されたような傷があるというので、殺人の可能性が強い。JR佐賀駅の南にある佐賀中央署から、刑事課捜査一係の刑事と鑑識《かんしき》のスタッフが、ホテル・ニューグランド佐賀へ急行した。

佐賀中央署よりホテルまで距離は二キロ、午後四時二十五分に到着、全員が五一二号室へ向かった。すでに三台のパトカーが来ていて、制服警官たちが現場の確保と維持に当たっていた。

まずは鑑識のスタッフが、死体と対面する。すぐに、外傷を見つけた。傷は側頭部、前頭部の二カ所にあった。いずれも、鈍器《どんき》で強打された外傷である。

何かにぶつけて生じた傷とは、考えにくい。二カ所の傷はともに、同じ程度の力が加わっている。側頭部と前頭部を同時にぶつけて死亡する、という『どこか』に当てはまる場所がない。

傷の周辺が隆起《りゅうき》していて、その幅と長さから凶器は鉄パイプのような物体と推定される。鉄パイプのようなもの、あるいはそうした凶器に利用できそうな物体は、室内に認められなかった。

代わりに、電話機の横のメモ用紙にやはり備えつけのボールペンで、走り書きした文字が発見された。その乱れた大きな文字は、『おやじにヤラレた』と読めた。

これが死亡した青年の文字としたら、父親に殴打されたという意味になる。しかも、その父親というのは息子はまだ寝ていると称して、ひとり逃げ出すようにホテルをチェックアウトした。

不自然な行動だった。ただし父親の行動と、息子の死亡推定時刻は必ずしも符合《ふごう》していない。父親がホテルを出た時間は、午前九時十分すぎだというフロント係の証言があるのだ。

一方では、鑑識のチーフの明確な発言があった。息子の死体に触れた鑑識のチーフは、第一声として次のような言葉を口にしている。

「死体の硬直は、まだ始まっておりませんね」

死体硬直は、死後に起きる筋肉の硬《こわ》ばりである。それによって関節が硬直して固定され、五体の各部分が動かなくなる。

しかし、硬直は死後二時間か三時間が経過して、始まるものとされている。更に六時間から八時間ののちに、硬直は全身に及ぶのであった。

夏と冬といった温度差が硬直に影響することもあるが、いまは十月九日で秋という季節である。ホテルでは、冷房も暖房も使用していない。

したがって、暑い寒いの温度差は関係なかった。

硬直は顎《あご》、首筋から始まって上半身、下半身の関節という順序で広がる。これが一般的だが、稀《まれ》にはその逆もありうる。鑑識のチーフも当然、死体の顎と首筋の関節、それに下《か》肢《し》の関節の両方を真っ先に調べた。

だが、顎・首筋と下肢の関節いずれにも、硬直の兆候という手応えはなかった。鑑識のチーフは、硬直がそろそろ始まるという感触を得たのにすぎない。

そうなると死亡時刻は、二時間か三時間前と推定される。午後一時三十分から二時三十分までのあいだに死亡したものと、いちおうの目安をつけるほかはない。

それを、かけたり受けたりの電話が裏付けている。

午前十一時三十分に、この青年と思われる五一二号室の客が、部屋から東京へ電話をかけている。それも、十三分という長電話であった。

午後二時十分と午後三時に小田垣悦也あてに外線電話があったが、二度とも五一二号室の電話に出る人間はいなかった。小田垣悦也は、すでに死亡していたのだろう。

死後硬直による推定からは、午後一時三十分という時間にもこだわらずにいられない。午後一時三十分が、死亡推定時刻の始まりとなる。

その終わりは、電話がかかっても応じなかった午後二時十分に置く。すなわち死亡推定時刻は、午後一時三十分から二時十分までの四十分間であった。

室内は、荒らされていない。ボストンバッグも衣服も、きちんとしている。上着のポケットに、現金と学生証がはいっていた。現金も、盗まれてはいない。

学生証から、東都大学経営学部四年の小田垣悦也であることが確認された。年齢は、二十四歳となっている。浪人か留年を、経験しているのだろう。

江口というフロント係の話だと、小田垣悦也は二年連続の全国学生テニス選手権大会のチャンピオンだそうである。住所が東京の杉並区阿佐谷北だし、九州および佐賀に大勢の友人知人がいるとは思えない。

「被害者《ガイシャ》のおやじさんというのが、真っ先に引っかかるな」

「親がわが子を、殺しますかね」

「ですが、実の親子とはかぎらんでしょうが……」

「それに近ごろは子どもが親を殺し、親が子どもを殺すっていうのも、珍しくない時代だろう」

「東京に住んでいる親子が旅先で、殺したり殺されたりしたってわけですか」

捜査員たちは、そんなやりとりを交わしていた。

「しかし、おやじさんは今朝の九時すぎに、ホテルを出ているんでしょう」

「いったんホテルを出たけれど、午後になって舞い戻ったとも考えられる」

「先にチェックアウトしたと息子に思わせておいて、四時間後に引き返してきたのかもしれません」

「フロントでは二度と、おやじさんを見かけなかったと言っていますが……」

「エレベーターを使わずに五階まで階段をのぼれば、人目につかずに五一二号室まで来られるだろう」

「いや、階段は二階までです。それ以上の各階に通じているのは、エレベーターと非常階段だけですね」

「だから二階までは階段を上がって、二階からエレベーターに乗ればフロント係は気がつきません」

「おやじにヤラレたという走り書きが、重大だと思いますね」

「おやじにヤラレたというのは、ほかに読みようがない。つまり意味はそのとおり、父親に殴打されたということだ」

「死亡する直前に、気力で書き残したダイイング・メッセージとなれば、こいつはものを言いますよ」

「被害者は、東京への電話しかかけていない。かかってきた電話には、誰も出なかった。昨日の午後四時にチェックインしてから、被害者はホテルを一歩も出ていない」

「外部の人間と、連絡を取り合っていないんですよね」

「そのうえ、ここは旅先だ。佐賀に知り合いなんて、ほとんどいないかもしれない。そうだとすると被害者に会うために、この部屋を訪れる人間なんていないだろう」

「盗みのための犯行ではなく、目的は被害者を殺すことにあったんですからね」

「もちろんドアは自動ロックなんで、被害者がドアをあけて犯人《ホシ》を部屋の中へ入れたんです」

「その前にドア・スコープを覗《のぞ》くから、知らない人間だったらドアもあけない」

「知り合いがホテルを訪れたんなら、ロビーかコーヒーラウンジで会うでしょう。それを部屋に入れたとなると、よほど親しい相手でなければならない」

「浴衣姿で平気だったんだから、肉親か家族みたいな相手でしょう」

「父親は肉親であり、家族でもある。父親なら当然、ドアをあけて部屋の中へ入れる。東京のホテルならともかく、佐賀となると親しい相手は旅に同行した父親のほかには考えられない」

「息子はまだ寝ているからって、父親だけがさっさと旅先のホテルを出てしまうというのは、どう考えてもおかしいですよ」

「ラブホテルなんかで、よくあるケースじゃないんですか。連れはまだ寝ているからって男が先にホテルを出て、あとになって調べてみると部屋で女が殺されていたって、ちょい発生する事件《ヤマ》ですよ」

「親子が一緒に東京から九州へ来て、息子はまだ寝ているからという理由だけで、父親が先にホテルを出てしまうってのは、やはり普通じゃありませんよ。何か、事情があったはずです」

「その父親の非常識な行動に、すべてが集約されますかね」

「おやじにヤラレたが、決定的ってことですか」

「いずれにしても、こいつは殺しだ」

捜査員たちは、一斉にうなずき合った。

佐賀中央署は、小田垣悦也の変死を殺人事件と断定した。直《ただ》ちにその旨《むね》を、佐賀県警に急報する。県警本部では、強行犯捜査係を中心に捜査一課が動き出す。

佐賀中央署に、特別捜査本部が設置された。県警捜査一課の刑事を中枢に、百人態勢で捜査に臨むことになる。小田垣悦也の遺体は、佐賀医大へ運ばれた。翌日に佐賀医大法医学教室の教授の執刀《しっとう》で、司法解剖が行なわれることになっていた。

東京の小田垣家の電話番号を割り出して、小田垣悦也の死亡を知らせなければならない。県警捜査一課の古賀《こが》管理官が直接、東京の小田垣家へ電話を入れた。

電話には、家政婦と称する中年の女の声が出た。家政婦は、栗田《くりた》トシ子《こ》と名乗った。いつもは通いの家政婦だが、昨夜と今夜は留守番を頼まれて小田垣家に泊まることになっているという。

小田垣光秀と悦也は親子二人で、杉並区阿佐谷北の家に住んでいるのだそうである。肉親は少なくて、小田垣光秀には娘がひとりほかにいるだけであった。

悦也の姉である娘の美鈴《みすず》は二十七歳、二年前に結婚して姓が土山《つちやま》に変わっていた。土山美鈴は現在、渋谷《しぶや》区のマンションに夫と二人で居住しているという。

小田垣光秀の最初の妻、つまり美鈴と悦也を生んだ母親の静香《しずか》は七年前に四十四歳で病死した。美鈴が二十、悦也が十七歳のときだった。

それから五年半後に、小田垣光秀は再婚する。後妻の名前は久子《ひさこ》で離婚歴があり、やはり二度目の結婚であった。久子は十五ほど年が離れている小田垣光秀と、北海道で知り合って恋愛により結ばれた。

娘の美鈴が結婚して数カ月後に、小田垣光秀は久子を入籍してわが家に迎えた。挙式も披露宴も省略されたが、久子は小田垣家の紛《まぎ》れもない主婦になったのである。

ところが、小田垣光秀と久子の結婚生活は、一年と続かなかった。今年の二月の雪の日に庭へ出て転倒し、敷石に頭を打ちつけて久子は死亡した。久子はまだ、三十九歳であった。

そういうことで小田垣家の家族はいま、光秀と悦也の二人しかいないし、親戚の人間というのもあまり聞いたことがないと栗田トシ子は説明した。

3

小田垣光秀は、東京生まれであった。親の時代から、東京に住んでいる。小田垣光秀は、いわば東京人である。しかし、祖父母の代までは、佐賀の住人だったらしい。

小田垣光秀は、祖父から市制が敷かれたばかりの佐賀市の話をよく聞かされたと、栗田トシ子は喋《しゃべ》っている。そのために小田垣家の菩提寺《ぼだいじ》は、現在もなお佐賀市の西玄寺《せいげんじ》という寺院であった。

墓も西玄寺にあり、最初の妻の静香はそこに納骨されていた。後妻の久子の場合は結婚生活が短すぎたからと、遺骨を実家が引き取った。それで久子は、佐賀市の西玄寺にいっさい関係がない。

去年の十月九日は、前妻の静香の七回忌《き》であった。しかし、小田垣光秀は後妻の久子と結婚して間もなかったので、静香の七回忌の墓参と法事を遠慮して見送った。

代わりに今年の墓参を、小田垣光秀は思い立ったらしい。静香の十月九日という祥月《しょうつき》命日《めいにち》が、今年は土曜日に当たっていた。しかも、日曜、振替休日と連休があとに控えている。

そんなことも考えに入れて、小田垣光秀は墓参旅行を決めたのだった。当然のこととして、小田垣光秀は悦也をも誘う。だが、悦也はそれを拒否した。

小田垣光秀は、三日がかりで悦也を説得する。子どものご機嫌をとるように、なだめたりすかしたりであった。その結果やっとのことで、悦也は渋々ながら承知したのである。

「なぜですかね」

管理官は、思わず質問した。

管理官の役目はあくまで、小田垣悦也の死亡を通知することだった。聞き込みや情報収集のために、電話をかけたわけではない。ところが、家人はいないと家政婦が電話に出た。

この栗田トシ子という家政婦がまた、大変な話し好きであった。尋ねもしないのに、次から次へと喋り続ける。それも、ただの無駄話ではなくて、参考になるようなことばかりを口にする。

それで管理官は、なかなか話を打ち切ることができなかった。そのうちに管理官も興味をそそられて、栗田トシ子の情報提供に乗ってしまったのだ。

家政婦という第三者が聞かせてくれる情報を、真っ先に仕入れておくのも悪いことではない。栗田トシ子から事情聴取しているのと変わらないと、管理官もいまは長電話になることを覚悟でいた。

「なぜって、何がですか」

栗田トシ子は、屈託《くったく》ない声でいる。

「静香さんというのは、悦也さんの実のお母さんなんでしょう。悦也さんはなぜ、実母のお墓参りに行くのをいやがったんですかね」

管理官は周囲を窺《うかが》ってから、おもむろにタバコを銜《くわ》えた。

「悦也さんのわがままですよ」

栗田トシ子は、あっさり片付けた。

「母親の墓参をいやがるってのは、いったいどういうわがままなんです」

管理官はライターを捜して、あちこちのポケットを探った。

「佐賀は遠いとか、テニスの練習時間がなくなるとか、いまさらお墓参りしてもしかたがないとか、駄々をこねるんですよ」

栗田トシ子は平然と、そうした内輪《うちわ》の話を明らかにする。

相手の身分を電話で聞いただけなのに、栗田トシ子は警察官であることを頭から信じ込んでいるのだ。

「悦也さんはもともと、わがままな性格なんですね」

最近の若者のわがままは珍しくないと、管理官は自分の子どものことを考えた。

「ひとり息子だから、チヤホヤされて育ったんでしょうね。学生テニスのチャンピオンだからって、自信過剰にもなっているんじゃないんですか。まあ性格的にも、かなりわがままですよ」

栗田トシ子もいやな思いをしたらしく、悦也に対して好意的ではないようだった。

「それにしても、親の墓参りをいやがるとはねえ」

やっとライターが見つかり、管理官はタバコに火をつけた。

「先生が、悦也さんを甘やかす。それがいちばん、いけないんだと思いますよ。新しい奥さまをおもらいになったことを、先生は息子さんへの負い目に感じていたんです。それで新しい奥さまとの恋愛が始まったころから、とくに先生は悦也さんのご機嫌をとるようになりましてね」

栗田トシ子は、小田垣光秀のことを『先生』と呼んだ。

管理官は父親がホテルのシングル・ルームを使い、息子がツインの部屋に泊まっていたことを思い出した。

「なるほどね」

「そのために悦也さんはますます増長して、先生に対しても威張り散らすようになったんです。お父さんの言うことには必ず、反対するか反抗するかでしたよ」

「母親の墓参りに行きたがらなかったのも、父親に誘われたからなんですかね」

「悦也さんの本心は、お父さんと一緒に行きたくないってことだったんでしょうね。お父さんと二人で旅行するなんて御免《ごめん》だっていうのが、悦也さんの本音じゃなかったんでしょうか」

「普段から、うまくいってない親子だったんですね」

「悦也さんが先生を、嫌っていたことは間違いありません」

「先生と悦也さんは、実の親子なんでしょう」

「だからこそなおさら、悦也さんは先生を嫌悪《けんお》したんですよ。その原因の大半は、先生が新しく若い奥さまを迎えられたってことにあるんでしょう。悦也さんは先生を、憎んでいたのかもしれませんね」

「しかし、先生は何とか、悦也さんを説得した。それで二人一緒に、佐賀へ旅立ったんですね」

「はい。今週の初めに先生がホテルを予約したり、航空券を買ったりなすったようです。先生はわたしに二泊するって、お出かけのときにおっしゃいました。だから、わたしに昨夜と今夜は特別に、ここに泊まってはくれないかって……」

「出発は、昨日の昼間でしたね」

「昨日の午前十一時ごろでした」

「二晩あなたに泊まってくれと頼んだってことは、明日には帰宅する予定でいたためでしょう」

「はい。日曜日の夕方までには、帰れるでしょうって……」

「昨夜は、佐賀のホテルに泊まりました。では、もう一泊というのはどこへ、行かれることになっていたんです」

「ついでに、嬉野《うれしの》温泉に寄ってくるって、先生はおっしゃいました。名前だけは何度も聞いたことがあるんですけど、嬉野温泉がどこにあるのかは知りません」

「嬉野も、佐賀県の温泉ですよ」

「あら、そうだったんですか」

「嬉野温泉の何という旅館を、予約されたんですかね」

「さあ、そこまでは……」

「西玄寺というお寺が佐賀市のどこにあるかも、ご存じないでしょうな」

「わたし九州へは行ったことがないもので、佐賀県のことについては全然わかりません。ただ東西の西に玄米《げんまい》の玄と書く西玄寺だってことは、先生から教えられてわかったんですよ」

「そうですか。どうもいろいろと、ありがとうございました。あともうひとつお尋ねしたいんですが、先生から何か連絡がありましたか」

「いいえ、昨日の午後に大学から電話があっただけで、それ以後はこの電話がはじめてです」

「大学から……」

「もちろん、東都大学です」

「悦也さんが、東都大学の学生だってことはわかっていますが……」

「先生は、東都大学の理学部の教授をなさってます。理学博士で、専門は植物生態学と植物分類学だそうです」

栗田トシ子は、口調にやや威厳を持たせていた。

「それはどうも、失礼しました」

管理官は迂闊《うかつ》にも、小田垣光秀の職業を確かめていなかった。

忘れたのではなく、質問する時機を失したのだ。それだけ栗田トシ子が、よく喋ったということである。管理官には好都合であったが、栗田トシ子の話がいかに広範囲に脱線したかを物語っている。

栗田トシ子のほうも、最も肝心なことを訊こうとしていない。それは、どうして警察から電話がかかったかであった。それも小田垣親子の旅先の佐賀県の警察が、わざわざ電話をよこしたのである。

小田垣親子がどうかしたのかと当然、栗田トシ子も気にはなっている。しかし、赤の他人だからという遠慮が、栗田トシ子にはあった。相手が家政婦では、警察もほんとうのことを言いにくいだろう。

それに、小田垣親子に何か重大異変が起きるはずはないと、栗田トシ子にも楽観したがる身内意識が働いている。どうせ大したことではない、小田垣親子が財布を落として、それが警察へ届けられたという連絡かもしれない。

だが、長電話が終わりに近づいたこともあって、栗田トシ子は急に不安が増してきた。電話をかけてきた警察官も、何かと栗田トシ子の話を聞きたがったではないか。

「あのう、佐賀県の警察でしたよね」

栗田トシ子は、そう念を押さずにいられない気持ちになっていた。

「そうです」

管理官は、東都大学理学部教授、植物生態学と植物分類学、理学博士と紙に大きな文字を書いた。

　管理官は小田垣光秀が、大学教授とは思ってもみなかった。大学教授と殺人事件は結びつかない、という先入観があるからだろうか。息子殺しの疑いとは、切り離してしまいたくなる職業だった。

「佐賀で、何があったんですか」

　栗田トシ子はいまになって、本題にはいったのであった。

「ええ」

　管理官も同様で、険《けわ》しい表情に一変していた。

「先生が、どうかなさったんですか」

　栗田トシ子が小田垣光秀を先生と呼ぶ理由は、すでによくわかっていた。

「先生のほうじゃなくて、悦也さんが佐賀のホテルで亡くなりました。殺人の疑いが、持たれています」

「えっ……！」

「本人かどうか、肉親による遺体の確認が必要です」

「嘘っ……！」

「いや、嘘なんかじゃありません」

「だって、先生が一緒にいらっしゃるじゃないですか。身元の確認なんて、簡単なはずです」

「その先生なんですが、いまのところ居所不明でしてね。今朝ひとりで佐賀のホテルを出てしまって、そのあとの行方がわかっておりません」

「わたし、どうしたらいいんでしょう」

「二つ、お願いがあります」

「はい」

「まず土山美鈴さんですか、悦也さんのお姉さんに連絡して遺体の確認を頼んでください。今夜はもう無理でしょうから、明日の早い時間に佐賀まで来ていただきたいと……。それからもうひとつは、先生から電話がかかったら同じことを伝えてもらいたいんです。それと先生の現在の居場所を、確かめてください」

「わかりました」

栗田トシ子の声が、震えて泣いていた。

「何かあったら、すぐに連絡をお願いします。連絡先を申し上げますから、メモしていただけますか。佐賀市、中央一丁目、佐賀中央署……」

それに加えて管理官は、捜査本部直通の電話番号を告げた。

「いまからすぐに、渋谷の美鈴さんに連絡します!」

栗田トシ子は、叫ぶような裏声を出した。

「よろしく」

管理官は、電話を切った。

管理官というポストは、県警捜査一課の課長と係長の中間に位置している。文字どおり、中間管理職だった。その管理官は強行犯係長に、栗田トシ子から聞いた話を洩《も》れなく伝えた。

「小田垣光秀は、嬉野温泉にいるかもしれない。それに西玄寺という寺が、佐賀市のどこにあるかだ」

管理官は最後の言葉を、強行犯係長への指示に変えていた。

電話番号簿で、西玄寺の所在を調べる。嬉野温泉の各旅館に、問い合わせの電話をかける。嬉野温泉へ直接、車を走らせる。と、このように刑事たちが、にわかに動き出した。

4

西玄寺という寺は、簡単に見つかった。ホテル・ニューグランド佐賀から、さして遠くないところにある。ホテルから南へ道をたどって、四百メートルの地点に西玄寺はあった。

町名は、赤松町《あかまつまち》となっている。夜の十時になっていたが、刑事二名が赤松町の西玄寺へ急行した。この一帯には、寺院が多かった。赤松町とその周辺の二つの町だけで、八カ所に寺院が認められる。

住宅地を囲んだささやかな商店街からやや離れて、西玄寺の寺域は鬱蒼《うっそう》たる大木の茂みを含んでいた。境内《けいだい》にはいって直進すれば本堂だが、墓地は左手の奥に広がっている。庫裡《くり》というには近代的すぎる住職とその家族の住居を、二名の刑事は訪れた。本堂、鐘楼《しょうろう》、塔などは重厚な造りで、西玄寺の歴史の古さを象徴している。

住職とその家族は、まだ起きていてテレビの前にいた。二名の刑事は玄関で、住職と言葉を交わした。住職は小田垣光秀の名前を、はっきりと記憶していた。

「大学教授の小田垣先生でしょう。先代から東京の人間になりましたが、明治までの先祖代々は佐賀人でしたよ」

住職は西玄寺が古くから、小田垣家の菩提寺であることを肯定した。

「最近、小田垣さんから何か連絡がありましたか」

刑事の一方が、質問を始めた。

「いや、わたしは何も聞いていませんね。去年でしたら、小田垣先生からの電話を受けましたけど……」

「去年の電話では、何を言ってきたんです」

「亡くなった奥さんの七回忌だが、佐賀まで出向くのにどうしても都合がつかない。それで七回忌の法事は、見送ることにした。ついてはお布施《ふせ》を送金するので、供養《くよう》をよろしく頼むという電話でしたよ」

「今年は一度も、連絡がないんですね」

「ありませんね」

「小田垣さんは息子さんと一緒に佐賀へ墓参に行くと、昨日の午前中に東京を発《た》っているんですがね」

「それは、妙な話だな。佐賀への墓参だったら、この寺に来るはずですよ」

「ここへは、姿を見せなかったんですか」

「まったく……」

「そこのホテル・ニューグランドに、小田垣さんは一泊しているんですよ」

「だったら墓参りに、必ずここへ寄るはずですよ」

「小田垣さんは今朝、ホテルを出ているんです。つまり、チェックアウトしたってことなんですがね」

「それは、おかしいですね」

「もっとも、こちらに顔出ししないで直接、墓地のほうへ足を向けたとしたら、小田垣さんが来たかどうかもわかりませんね」

「そりゃあ、わかりませんよ。彼岸《ひがん》とお盆を除いては、人が寄りつかない墓地でしょう。

墓参りをするだけなら、人目につきませんからね」

「しかし、花も線香も桶《おけ》の水もなしの墓参りなら、わざわざ佐賀までやってくることはないか」

「それにね、あの先生は黙って来て、黙って帰ってしまうような人じゃないと思いますよ」

「やっぱり西玄寺には、来てないってことですか」

刑事は、同僚を振り返った。

「急用か何かがあって、ここへは寄らなかったんでしょう」

そうに決まっていると、住職の笑った顔に書いてあるようだった。

今日の夕刊に、殺人事件の記事は載っていない。時間的に、間に合わなかったのだ。代わりに、テレビのニュースでは報道された。しかし、住職もその妻も、テレビのニュースを見ていないのにちがいない。

それで小田垣悦也がホテル・ニューグランド佐賀で殺されたことを、西玄寺の住職はいまだに知らずにいる。刑事たちも小田垣教授の息子が殺されたとは、あえて住職の耳に入れずに引き揚げた。

一方、嬉野温泉の各旅館への問い合わせも、まもなく成果を得ていた。嬉野温泉には、七十軒からの旅館がある。東京の旅行社に斡旋《あっせん》と予約を頼めば、七十軒のうちでも高級旅館から選定する可能性が強い。

そういう読みに従って、有名旅館へ次々に電話を入れたのだった。それが効を奏して、短時間で答えを出すことができた。嬉野温泉では一流の神泉閣《しんせんかく》という旅館に、小田垣の名前で予約がはいっていたのである。

ただし予約はキャンセルとなり、小田垣光秀は神泉閣に現われていないとのことであった。そうした事実を捜査本部から無線で、嬉野へ向かっている警察車の捜査員に知らせる。

警察車は、嬉野温泉の神泉閣へ直行した。やはり小田垣光秀が、神泉閣を訪れた形跡《けいせき》はなかった。神泉閣で明らかになったのは、次の四点だけだった。
1　五日前に、旅行社を通じて予約申し込みがあった。
2　比較的いい部屋を、という注文がついていた。
3　人員は二名で、部屋も二室という予約であった。
4　今日の午前十一時ごろ小田垣と名乗る男の声で、予約をキャンセルするという電話が神泉閣にかかった。
こういうことでは、いっさい手がかりにならない。捜査員はむなしく嬉野温泉をあとに、夜も十一時すぎの高速道路を佐賀市へ引き返した。

これで、事件発生当日の捜査本部の動きはとまった。この日は、三日ぶりの快晴となった。『体育の日』にふさわしく、秋の陽光がきらめくように明るい。

一夜明ければ十月十日、日曜日であった。この日は、三日ぶりの快晴となった。『体育の日』にふさわしく、秋の陽光がきらめくように明るい。

佐賀中央署の捜査本部では、午前九時から捜査会議が開かれることになっていた。体育の日に振替休日という連休を返上して、六十人の捜査員が佐賀中央署三階の会議室に集合する。

円卓や四角に連ねたテーブルを、囲んでの会議ではなかった。会議室には教室のように、机と椅子が並べられている。正面の黒板には前もって事件の概要《がいよう》が、びっしりと書き込んであった。

教室の生徒よろしく席についた六十人の捜査員は、まず黒板に記されていることの要点を自分の手帳に書きとめる。やがて黒板を背にして佐賀中央署の署長、県警の捜査一課長、それに捜査一課の古賀管理官をはじめ幹部数人が着席する。

とたんに、古賀管理官を指名して電話がはいった。栗田トシ子からの電話であり、ひどく興奮しているように彼女の声はうわずっていた。

「昨夜はどうも、失礼しました」

重大な情報らしいと、古賀管理官は緊張した。

「美鈴さんが八時五十分発の飛行機で、福岡へ向かうそうですから……」

走ってきたわけでもないだろうに、栗田トシ子は息を弾《はず》ませている。

「わかりました」

管理官は、栗田トシ子の次の言葉に期待した。

「それから、たったいま先生からお電話がございました」

栗田トシ子のその言葉には、何ものにも代えがたい価値があった。

「ありましたか」

管理官は反射的に、腕の時計を見やった。

「テレビのニュースで悦也さんの事件を知って、あわてて電話をしたんだそうです。十分ぐらい前のモーニングショーの最後のニュースで、悦也さんの事件が報道されたってことでした」

栗田トシ子は、しだいに早口になっていた。

「十分ぐらい前のニュースね」

管理官は、隣席の強行犯捜査一係長に目をやった。

捜査係長はノートに、『約10分前のニュース』と書き込んだ。

「それで先生は自宅へも佐賀の警察から連絡があったかって、確認の電話をかけてよこされたんです。先生はいま、北海道にいらっしゃるそうです」

栗田トシ子の口からは、信じられないような地名が飛び出した。

「北海道……！」

全捜査員の注目を集めるほど、管理官は大声を張り上げた。

「苫小牧《とまこまい》のホテル北界《ほっかい》に、お泊まりということです。北界は北海道の北に、世界の界と書くビジネスホテルだそうですけど……」

栗田トシ子も、負けずに声を大きくした。

「ホテル北界の電話番号は、わかっちゃいないでしょうね」

苫小牧・ホテル北界と記したメモ用紙を、管理官は立ってきた水木《みずき》警部補に渡した。

「それは、ちょっと……。でも、先生はこれからすぐに佐賀へ向かうって、おっしゃってましたよ」

栗田トシ子は、そう答えた。

「先生は何のために、苫小牧へ行かれたんでしょう」

別の電話機に飛びついた水木警部補の後ろ姿に、管理官は視線を投げかけた。

「さあ、わかりません。ただ今年の二月に亡くなられた久子夫人のご実家が、苫小牧だって話は伺いましたけどねえ」

長年、小田垣家に通っている家政婦は、何でもよく知っていた。

「なるほど、久子夫人は北海道出身でしたね。いや、おかげで助かりました。ご協力に、感謝します」

管理官はなぜか音がしないほど、そっと受話器を置いた。

「ここに記されていることに加えて、聞いてのとおり小田垣家の家政婦から連絡がありました。それによると小田垣教授は現在、北海道の苫小牧のホテルにいて、これから佐賀へ向かうとのことです」

古賀管理官は、背後の黒板を振り返った。黒板といっても、緑色のボードであった。それには楷書《かいしょ》の文字がきちんと、原稿用紙を埋めるように並んでいる。

1　盗みが目的の犯行ではない。
2　凶器は、鉄パイプのようなもの。
3　死亡時刻は司法解剖の結果を待たなければならないが、犯行は十月九日の午後一時三十分から午後二時十分までの四十分間とほぼ推定される。
4　『おやじにヤラレた』というダイイング・メッセージが残されていた。（これが被害者の筆跡とはかぎらないし、犯人を特定する言葉にもなることから、人権問題等を考慮して報道関係への公表を控えている）
5　小田垣光秀が宿泊した五〇二号は、まだ清掃が行なわれておらず、およそ人間が手を触れずにはいられない場所という場所から、数多くの同一指紋が採取されている。浴室のコップ、使い捨ての歯ブラシの柄《え》からも同じ指紋が採取されているので、これらは小田垣光秀の指紋であるとしか考えられない。
6　それにもかかわらず被害者が宿泊した五一二号室では、およそ人間が手を触れずにはいられない場所からも、指紋の採取は困難であった。たとえばドアのノブにも、被害者自身の指紋すら残っていない。これは犯人がみずからの痕跡《こんせき》を五一二号室に留《とど》めまいとして、手を触れたと自覚するあらゆる部分の指紋を、故意にふき取ったためと思われる。
　それが小田垣光秀だったという確率は、限りなく高い。
7　ただし、被害者の右足から脱げたものと推定される片方のスリッパの内側、裏側の二カ所から二個の指紋が採取された。この二個の指紋はいずれも、五〇二号室で多数採取された（小田垣光秀のものとしか考えようのない）指紋と一致した。
8　ホテルの客室係の証言によると、五一二号室の浴室から普通サイズのタオル一枚が紛失していた。（このことは、本件に関係があるか否か不明なので報道陣には公表していない）
9　小田垣親子は折り合いが悪く、常に対立状態にあった。佐賀市への墓参にも、いやがる息子を父親が無理やり引っ張ってきたという情報を得ている。ホテル・ニューグランド佐賀に到着後も、親子が行動をともにした形跡は認められない。

10　ホテルに到着した十月八日の夜八時ごろから三十分ほど、父親は外出したというフロント係の証言がある。それに対して息子のほうは、一歩もホテルを出なかったものと思われる。

11　小田垣光秀が犯行当日に示した不自然、あるいは不可解な行動を次に列記する。

イ　息子は眠っているからと称して、自分ひとりホテルを出ている。

ロ　チェックアウトの手続きに時間をかけまいとして、五〇二号室の分だけの支払いを申し出ている。

ハ　次の目的地であるはずの嬉野温泉へは向かわずに、約二時間後に某所から電話でキャンセルを申し出て、そのまま行方をくらませている。

ニ　わざわざ佐賀まで墓参に来たにもかかわらず、菩提寺の西玄寺に立ち寄っていない。西玄寺の墓地の小田垣家の墓にも、線香や花などを新たに供えた形跡はない。

以上のように小田垣光秀が被疑者、乃至《ないし》は重要参考人であることを示唆《しさ》する内容となっている。しかし、警察の黒板に書き出されるにしては、どこかふさわしくない文体という感じがしないでもない。

表現に、遊びがある。楽しんで、書いているようだった。こうした文章を好んで記すのは、水木警部補のほかにいないということを、県警本部捜査一課の刑事なら全員が承知していた。

その水木警部補が電話をかけおえて、自分の席へ戻ってきた。水木警部補は、椅子に腰を落とさなかった。大男の警部補が最前列に突っ立ったままでいると、邪魔なものが置かれているように感じられる。

「テレビ局に問い合わせた結果から、報告します」

この場では警視正という最高位にいる佐賀中央署の署長に、水木警部補は形だけの目礼を送った。

「東京の東洋《とうよう》テレビをキー局に全国ネットで放映されています〝サンデーモーニングスーパー〟の最後の部分、この八時三十分から約十分間のスポーツニュースの中で、学生テニスのチャンピオンの小田垣悦也が九州佐賀のホテルで殺されたと、間違いなく報道したそうです。ニュースの内容は殺害されたという事実、犯行現場の状況の一部、父親と二人で墓参に佐賀へ来ていたこと、それに推定される犯行時間だったそうです。この番組は札幌《さっぽろ》のHST局を通じて、苫小牧でも受像できるとのことですから、それを小田垣光秀が見たとしても不思議ではありません」

水木警部補はメモ用紙に目を落として、再び顔を上げると言葉を続ける。

「次に、ホテル北界は苫小牧市の表町に実在します。小田垣光秀と名乗る男が、一泊したことも確かであります。しかし、その客はたったいまタクシーを呼び、千歳《ちとせ》空港へ向かったとのことでした。ところが、ここにひとつ問題があります。フロントの話によりますと、小田垣光秀は予約もなしにホテル北界に現われたが、以前にもご利用いただいたことのある客だし、空室もあったのですぐに泊めることを承知した。ですが小田垣がひとりでチェックインしたのは、昨日の午後二時三十分だったたってことなんです」

言葉の最後の一部を強調するように、水木警部補の太い声が部屋の天井に響いた。

それを追うようにして、会議室にはどよめきが広がった。捜査員全員がひとりしかいない被疑者と断じていた小田垣光秀には、完璧なアリバイが成立すると報告されたからである。

5

第一回の捜査会議は、二時間ほどで終わった。

小田垣光秀を被疑者と見る、という捜査方針には変わりなかった。小田垣光秀には、疑わしき点が多すぎる。そのすべてをアリバイひとつのために、否定してしまうわけにはいかない。

犯行時間はいちおう、昨日の午後一時三十分から二時十分までの四十分間と推定されている。ところが、ほぼ同時刻の午後二時三十分に、小田垣光秀は北海道の苫小牧市にいた

――。

と、そのように聞けば、確かに小田垣光秀のアリバイは完璧だと思いたくなる。だが、犯行時間はあくまで推定であり、それも『いちおう』設定されたものにすぎない。

解剖結果も、まだ出ていない。

それに犯罪には、アリバイ偽装が付きものだった。捜査はこれからであり、偽装されたアリバイならそれを崩すのも捜査のうちである。最初から完璧なアリバイがあるなどと、捜査員が弱気になるのは禁物《きんもつ》といわなければならない。

小田垣光秀こそほかには考えられない被疑者と断じて、彼の犯行と裏付ける証拠固めに全力を尽くす。

そういう六十人の刑事の総意が、捜査会議の結論となったのである。刑事全員が、やる気になっていた。なにしろ、被害者も被疑者も東京の人間という殺人事件を、佐賀県の警察が解決しなければならないのだ。

しかも被害者は二年連続の学生テニス界の王者であり、被疑者は実父の大学教授ときている。センセーショナルな事件の要素がそろっているから社会の反響も大きく、マスコミが競い合うように繰り返し全国へ情報を提供するだろう。

捜査状況を、日本じゅうの人間が注目する。捜査が進展しなければ、佐賀県全体が非難されるのではないか。未解決になったりしたら、佐賀県の警察の名折れであった。刑事たちが燃えるのも、そういうことであれば無理はない。必死の思いで、まず聞き込みという行動を開始する。

東京班は、三組で計六名。

北海道班は、二組で計四名。

小田垣光秀の佐賀での動きを追う足どり班が、二組で計四名。

ホテル・ニューグランド佐賀での聞込み班が、三組で計六名。

ホテル周辺での聞込み班が、五組で計十名。

西玄寺の付近での聞込み班が、四組で計八名。

タクシー会社関係の聞込み班が、四組で計八名。

凶器班が、三組で六名。

それに遊軍八名が、選定されて指名を受けた。東京班と北海道班は、直ちに佐賀をあとにした。

正午に被害者の姉の土山美鈴が、夫の大輔《だいすけ》とともに佐賀中央署を訪れた。美男美女という夫婦であり、緊張はしているが冷静な感じであった。

強行犯捜査一係の係長みずからが、土山夫妻を佐賀医大へ案内した。JR佐賀駅を中心とすると、市街地の北西の端に位置している医大につくまで、土山美鈴はまったく声を発しなかった。

土山夫妻は医大で、解剖直前の小田垣悦也と対面する。美鈴は無表情だった。土山大輔のほうが、ショックのために顔色を失っていた。

「弟の悦也に、間違いありません」

取り乱すこともなく、美鈴はしっかりとうなずいた。

「悦也君です」

うわずった声で、土山大輔が言った。

土山大輔は、逃げるように廊下へ出た。美鈴は、落ち着いている。ゆっくりと、夫のあとを追った。

「心から、お悔やみを申し上げます。どうも遠いところまで、ご苦労さまでございました」

強行犯捜査一係の係長が、神妙な顔つきで一礼した。

「自業自得です」

美鈴はそんなふうに、弟の死を冷ややかに片付けた。

「自業自得とおっしゃいますと……」

驚きながら、係長は質問した。

「弟は父のことを目の敵《かたき》にしたから、こういう結果を招いたんです」

美鈴は、怒った顔でいる。

じつに、気が強い。どちらかといえば捜査本部で改まって事情聴取を求めたりすると、気難《きむずか》しくなるタイプだろうと係長は思った。雑談の雰囲気で話を聞き出したほうが、よく喋ってもらえるかもしれない。

パトカーには警官ひとりが、運転席にいるだけである。係長は助手席にすわって警官に、速度を上げずにホテル・ニューグランド佐賀へ向かうように命じた。そのあとの係長はほとんど、後部座席の美鈴へ顔を向けっぱなしだった。

「ホテルへお送りして、よろしいんでしょう」

係長はまず、そんなふうに話しかける。

「まだどこにも、予約してないんですけど……」

美鈴があわてて、背筋を伸ばすようにした。

「ニューグランド佐賀というホテルが、いいんじゃないかと思います。小田垣教授と悦也さんが、一泊されたホテルです」

係長はふと、喪服《もふく》が似合う女という言葉を思い出した。

美鈴が、そうだったのだ。美鈴は黒のスーツに、肉感的な肢体《したい》を包んでいる。ブラウスも黒であり、それが美鈴の色の白さを強調していた。このような女っぽい美人に激しすぎる気性は似つかわしくない、というのが係長の感想であった。

「お部屋、取れますか」

父親と弟が泊まったホテルということなど、美鈴は気にもかけないようだった。

「わたしのほうで交渉しますんで、百パーセント大丈夫でしょう」

係長は、笑顔を見せた。

「よろしく、お願いします」

美鈴が、頭を下げた。

「先ほど、悦也さんが教授を目の敵にしたことがこういう結果を招いたと、おっしゃいましたね」

「申しましたけど……」

係長は、いよいよ核心に触れる。

美鈴の目つきが、どことなく厳しさを増した。

「実の親子でありながら折り合いが悪かった、という情報は得ていますがね」

「折り合いが悪いなんて、そんな生易《なまやさ》しいもんじゃありません。弟は父をひたすら憎悪《ぞうお》していたし、父はひたすらそれに耐えるという仲でした」

「原因は、教授の再婚だけなんですか」

「もともと性格的に合わない面もありましたけど、弟は父の恋愛と再婚を絶対に許せなかったんです」

「難しい年ごろの娘さんにはよくある話ですが、息子となるとあっさり割り切れるらしいですがねえ。母親の恋愛や再婚となれば、影響も大きいでしょうが……」

「うちは、弟が反対でした。わたしは父の恋愛と結婚を、早々に認めたんですけどね。理解したというより、わたしが結婚してしまえば関係ないことだって、さっさと割り切ったんです」

「賢明ですね」

「それで、白坂《しらさか》久子さんを入籍したり一緒に住んだりするのは、わたしが結婚してからにしてって父に頼みました」

「そのとおりに、なったんでしょう」

「わたしが結婚して小田垣家を出るまで、父は待ってくれました。その後のわたしは土山家の人間ですし、実家へも顔を出しませんし、父や久子さんとも滅多に会わなかったんです。おかげで父にも久子さんにも、わたしは特別な感情なんて抱きませんでした」

「ところが、弟さんにはそれができなかった」

「弟には、エディプス・コンプレックスの傾向があったのかもしれません」

「エディプス……？」

「息子が母親を慕《した》い、父親に反感を持つという心理的な傾向です。それに弟は病的な潔癖《けっぺき》性《しょう》で、プライドで固まっていて、融通《ゆうずう》が利かなくて、直情径行《ちょくじょうけいこう》で、自制心に乏しい感情家で、妥協ができないというわがままな人間でした。よくあれでテニスのプレーヤーとしては、紳士でいられたもんだって不思議でしたね」

「父親を父親とも思わないような憎悪の念も、そういう性格から生じたってことでしょうか」

「そのうえ弟は久子さんという女性に、生理的な嫌悪感を抱いていたようです。だから、わたしはあんたが小田垣家にいなければ関係のないことなのよ、父と久子さんの人生だってあんたよりずっと短いのよって、弟に電話で何度言ってやったかわかりません。それなのに弟は平和を望まなかったし、父を敵視して闘い続けることを避けようとしなかったんです」

「自分からは小田垣家を、出ようとしなかったんですね」

「テニスの合宿のときだけは、どっちも平和そのもの。ですけど弟が合宿から帰ってくると、とたんに小田垣家は地獄に一変するんです。まったく、馬鹿げた話です。わたしの恐れていたことが、現実に起こってしまいました」

「奥さんはある程度、予測なさっていらしたってことですか」

「だって、父の忍耐にも限界があるでしょ。弟の敵対行動が度をすぎれば、いつかは父の怒りも爆発しますわ。場合によっては、それが殺意にもなります。弟がアパート住まいをしていれば、こんなことにはならなかったのに……」

「すると奥さんは、お父さんが弟さんを殺害したと思っていらっしゃるんですか」

「ほかに、考えようがありますか。警察だって、犯人は父だと断定しているんでしょ」

「警察はその可能性ありと、判断しているのにすぎません。犯人の断定は、今後の捜査によります」

係長は、慎重な言い方になっていた。

「わたしには、父としか考えられません。父に間違いないと決めてかかっていますし、それなりの覚悟もできています」

美鈴は、対照的に大胆なことを口にした。

「小田垣教授はいま、佐賀へ向かっているそうですよ。今夜にでも教授と奥さんが佐賀で顔を合わせられると、今度は父と娘の対決で大変なことになるんじゃないんですか。それが、心配ですね」

係長は、慄然《りつぜん》となっていた。

娘が父親を、殺人罪で告発しているのも変わらない。それでいて、娘はひどく冷静であった。泣きもしなければ、興奮することもない。化粧っ気のない顔が、能面《のうめん》のように無表情である。

それなりの覚悟もできていると言い放ったが、そうした美鈴の一面に係長は恐ろしさを感じたのだ。

「その心配は、無用です」

美鈴は、首を振った。

「どうしてです」

助手席から後ろへ、係長は乗り出す格好になった。

「父が佐賀へなんて、やってくるはずがないからです。自首をするんでしたらともかく、犯人がなぜわざわざ警察が待ち構えているところへ乗り込んでくるんですか。父は佐賀へ来ませんし、いまごろ逃亡先を捜しているでしょう。明日は弟をお骨《こつ》にして、わたしたちだけで東京へ帰ります」

美鈴はそう言ってから、ホテル・ニューグランド佐賀の建物を眺めやった。

ホテルの正面玄関前で、パトカーは停止した。

「そうですか」

係長は反論することなく、パトカーから降り立った。

小田垣光秀は佐賀へこないと、美鈴が自信ありげに断言した。そのことに係長は、不安を覚えたのであった。そして美鈴の予言と、係長の不安は的中することになる。

この日、小田垣光秀は佐賀に姿を現わさなかった。

6

午後六時に捜査員が、佐賀医大から解剖所見を持ち帰った。

解剖所見には、死亡診断書と死体検案書が添えられていた。死亡診断書と死体検案書は、美鈴が必要とするものだった。明日じゅうに弟を火葬にしなければならないと、そのための手続きを急いでいる。

一枚の用紙になっている死亡届と死亡診断書を二通ずつ、それに死体検案書、死体火葬許可証交付申請書を佐賀市役所に提出する。市役所では日曜、祝日、執務時間外でも、それを受け付けることになっている。

更に市役所で交付された火葬・埋葬許可証を、火葬場へ持っていかなければならない。それで初めて、火葬が可能になる。火葬をどうしても明日じゅうにと願っているだけに、美鈴が焦るのはやむをえなかった。

死亡診断書と死体検案書は直ちに、ホテルで待機している美鈴のもとへ届けられた。

解剖所見からも、特記すべき新事実は引き出せそうにない。すでに見当がついていたことばかりで、重大な発見はなかったということになる。

死因は『前頭部および側頭部の鈍器殴打を原因とする急性硬膜外血腫による呼吸と血液

循環の停止』であった。

凶器については『前頭部の外傷に微量の土が付着していた点から、屋外で使用される鉄パイプ状のものと推定される』とある。また『最初に前頭部、ついで側頭部を一撃ずつ、強打したと推定するのが妥当と思われる』と付け加えられていた。

頭部二カ所のほかに外傷はなく、毒物反応、睡眠薬などの服用、アルコールの摂取もなかった。胃の内容物は、消化を終えていた。つまり悦也は前夜七時の夕食のあと、何も食べていなかったのだ。

死亡推定時刻は『死の認定に限るならば、十月九日午後一時三十分より三時三十分までと推定される』となっている。この死亡推定時刻にしても、佐賀中央署の鑑識の判断と大差なかった。

捜査本部を沸《わ》かせるような目新しい手がかりは、どこにも見当たらない。それどころか悪い材料が、時間の経過とともに大写しになりつつあった。

小田垣光秀が、現われないことである。

小田垣が佐賀へ戻ってくるのは、悦也の遺体に対面するためだった。自分の子どもが死亡したとなれば、どこにいようと親は無条件で飛んでくる。

わが子の死を確認して火葬に立ち会い、遺骨を抱えていったんは自宅へ帰る。東京で葬儀を執《と》り行ない初七日の法事をすませて、西玄寺に納骨のため再び佐賀市へ出向いてくる。

そうするのを親の務《つと》めとして、小田垣は北海道から駆けつけるはずなのだ。明日でもいいだろうと、のんびり構えていられることではない。現に小田垣は今朝あわてて、苫小牧のホテル北界を飛び出していったそうである。

しかし、小田垣はそれっきり、姿を消してしまっている。

航空会社への問い合わせも、もう終わっていた。福岡・千歳間の直行便は、一日五便が往復している。千歳から福岡までの所要時間は、二時間二十五分であった。

今日は千歳から福岡へ飛ぶ全便が、満席ではなかったという。最も満席に近かった便でも、五席の空席があったらしい。そうなると、飛行機に乗れなかったということはない。念のために旅客名簿を調べてもらったが、小田垣という搭乗者の名前はどの便にもなかった。

小田垣は今日、千歳から福岡行きの飛行機には、いっさい乗らなかったということである。最終便もとっくに、福岡空港に到着している時間だった。だが、福岡空港に張り込んでいる捜査員からは、何の連絡もはいっていない。

小田垣には、悦也の遺体がどこに安置されているかわからないのだ。たぶんここだろうと、見当をつけられるところではない。捜査本部を訪れない限り、小田垣はアテもなく佐賀市内を徘徊《はいかい》することになる。

十一時三十分を回った。

福岡空港を担当した捜査員たちが、捜査本部へ引き揚げてきた。ほかにまだJR佐賀駅、ホテル・ニューグランド佐賀、西玄寺、佐賀医大、佐賀中央署の周辺に捜査員が張り込んでいるが、それはそのままだった。

小田垣の東京の自宅の電話は、何度かけても応答がない。今夜は家政婦の栗田トシ子も、小田垣家に泊まってはいないのである。小田垣にしても、自宅には近づかないだろう。小田垣はいったい、どこへ消えたのか。

捜査本部の首脳陣は、めっきり口数が少なくなっていた。誰ひとり、家に帰ろうとしない。県警捜査一課長、二人の管理官、強行犯捜査一係、二係、三係の各係長、佐賀中央署の副署長、刑事課長、刑事官が署長室に顔をそろえている。

捜査本部長でもある署長は、自分の席に腰を据えていた。天井へたまに目をやるだけで、身動きもしなかった。沈黙を守っていることが、署長の深刻な胸のうちを物語っていた。

「逃亡ですかね」

強行犯捜査一係の係長が、やはり天井を見上げて口を開いた。

「ほかに、考えようがあるかね」

捜査一課長は、組んだ足の靴底へ目をやっていた。

「娘の目に、狂《くる》いはなかった」

強行犯捜査一係長は、美鈴の表情のない顔を思い浮かべた。

「しかし、最初から逃げるつもりでいたんなら、どうして今朝になって東京の自宅へ電話を入れたり、これから佐賀へ向かうと家政婦に言ったりしたんですかね。逃亡する人間が、いま苫小牧のホテル北界にいるなんて教えることからして、何とも理解できないでしょう」

栗田トシ子と声の友だちになっている古賀管理官が、大して汚れてもいないメガネのレンズをハンカチでこすり始めた。

「そいつは、気が動転していたからだろう。どんな凶悪犯にしろ、自分の子どもを殺して平気だってことはありませんよ。まして、小田垣は大学教授。頭の中が大混乱の人間なんだから、むしろ言動に矛盾《むじゅん》があって当然だと思う」

捜査一課長は抜き取ったネクタイを、二本の指で胸のポケットに押し込んだ。

「じゃあ、小田垣がこれから佐賀へ向かうと家政婦に言ったのも、決して嘘《うそ》ではなかったんですか」

「小田垣は、本気だったんだ。だから、千歳空港までは行った。しかし、そこで小田垣は、無我夢中の状態からわれに返った」

「ちょっと待てよと、急に冷静になったんですか」

「それまでの小田垣は、自首するつもりでいた。自首しなければ、息子に申し訳が立たないと思っていた。ところが、空港の喧騒《けんそう》と大勢の人間たちという現実に接したとき、小田垣の気は変わった。恐ろしさが先に立って、佐賀まで行く勇気を失い、やはり逃げたほうがいいと小田垣は考え直した」

「そんなに、単純なことですかね」

「単純かな」

「課長は小田垣を、犯人《ホシ》と思っているんですか、いないんですか」

「もちろん百パーセント、真犯人《ホンボシ》だろう」

「だからこそ小田垣は犯行後、弾丸のように北海道へ逃げたんですよね」

「まあ、そういうことだ」

「そういう小田垣が、そんなにあっさりと自首する気になりますか。翌日の朝、事件と被害者の死を報ずるニュースを、テレビで見たぐらいで……」

「心理の推移として、何かが欠落しているか」

「それに、いったん自首を決意しておきながら、千歳空港でまたもや簡単に心変わりするっていうのも、どうかと思いますね。人間はもっとしっかりした根拠があってこそ、みずからの意思を決定するものです。具体的な事実に支えられて、初めて行動を起こすんじゃないんですか」

「管理官の考えを、聞かせてもらおう」

「小田垣は自首しようなんて、思ったこともないでしょうね」

「ほう」

「犯行後の小田垣は、そうするのが当然みたいに北海道へ直行しました。それには目的があって、どうしても北海道へ行かねばならなかったからです。しかし、苫小牧についてから、ある事情の変化によって目的が消えたことに、小田垣は気づいたんです」

「ある事情の変化とは……」

「わたしもまだ想像の段階なんで、そこまではわかりません。ただ、その事情の変化が、小田垣を安心させたことは確かです」

「どんなふうに、安心させたんだね」

「要するに、自分が犯人にされることはない、自分は事件の圏外にいる、悦也殺しにかかわりないで押し通せる、といった安心感です。そこで小田垣は、佐賀へ引き返すことを決意した」

「息子が殺されたのに佐賀へ戻らなければ、小田垣への疑惑は決定的なものになる。それを防ぐためにも、佐賀へ引き返して父親らしく振る舞いたかった」

「そうです」

「ところが小田垣は、途中で思い止《とど》まった」

「千歳空港まで行ったけど、福岡行きの飛行機には乗らなかった」

「なぜだ」

「彼も、学者です。よく考えてみたら、不可能だってことがわかったんでしょうね。誤魔《ごま》化《か》しは、理論的に通用しない。事件の圏外へ逃れることは困難だと、小田垣には読めたんですよ」

「このまま佐賀へ引き返したら、事情聴取や取調べを受けるに決まっている。飛んで火に入る夏の虫とならないために、小田垣は逃亡を優先することにした。その結果、小田垣への疑惑が決定的になろうと、やむをえないと……」

「小田垣には、自殺の恐れもありますね。これで小田垣に自殺されたり、逃亡が長引いたりしたら、世間やマスコミはわれわれを非難するでしょうね」

「冗談じゃない。われわれが小田垣を、取り逃がしたわけじゃないだろう。佐賀県警が事件を認知する以前から、小田垣は逃亡しっぱなしでいるんだ」

「それでも世間やマスコミは警察の手ぬかりだ、田舎の警察が何をマゴマゴしているんだ、どうしてもっと早く小田垣の身柄を拘束しなかったのかと、われわれを責めたがるんですよ」

「どうやって、身柄を拘束できるんだ」

捜査一課長は、腕を組んで苦笑した。

「いずれにせよ、何とかしないと大変な黒星になります」

ハンカチで眉間《みけん》の脂《あぶら》をふき取ってから、古賀管理官はメガネをかけた。

そのとき、大きな咳払《せきばら》いが聞こえた。全員が、署長に注目する。いまだに充血した目を天井へ向けている署長の制服が、窮屈《きゅうくつ》で息苦しそうに感じられた。

「明日を待って、小田垣光秀を強制捜査の対象とする。次いで、小田垣を全国手配としよう」

署長の顔の皺《しわ》が、残らず深くなったように見えた。

捜査本部長の決断に、幹部一同が緊張した面持《おもも》ちでうなずいた。同時に、それまでドアの脇に黙って突っ立っていた大男が、ゆっくりと署長室を出ていった。

県警捜査一課、強行犯捜査二係の水木警部補であった。

7

十月十一日を迎えた。

月曜日だが体育の日の振替休日で、世間はこの日もまた行楽とか休養とかに費《つい》やすことになる。だが、佐賀中央署の空気は朝から、瞬時も澱《よど》むときがない。

小田垣が姿を現わすかもしれないと、昨日より場所と人数を増やして捜査員が張り込んでいる。そうした捜査員たちとの連絡が、無線あるいは電話を通じて絶え間なく続けられていた。

そのやりとりが緊迫感をまじえて、捜査本部内を活気づかせる。それに加えて、地元聞込み班の刑事たちの出入りも、かなり激しくなっている。

一方では、小田垣に対する強制捜査の手続きも進められていた。

指名手配というのは、被疑者に対して逮捕状が発せられたことに基づかなければならない。つまり、逮捕状があって初めて犯人として指名し、全国または他県の捜査機関に逮捕を依頼できるのだ。

しかし、小田垣はまだ強制捜査の対象になっていないし、犯人と見なしての逮捕状も用意されていなかった。そうなると小田垣を、全国に指名手配することはできない。

それで昨夜の捜査本部長は、小田垣を強制捜査の対象にすると決断したのである。強制捜査には、対人的強制処分も含まれる。対人的強制処分は、すなわち逮捕、勾留《こうりゅう》であった。

逮捕の種類は通常逮捕、緊急逮捕、現行犯逮捕と三つあるが、小田垣の場合は通常逮捕となる。令状による逮捕が、通常逮捕ということである。

通常逮捕の要件としては、逮捕の理由と逮捕の必要性があった。

逮捕の理由とは、『罪を犯したと疑うに足りる相当な理由があること』となる。

逮捕の必要性とは、『被疑者が逃亡する恐れがあること』と『罪証を湮滅《いんめつ》する恐れがあること』の二つだった。

小田垣には、罪を犯したと疑うに足りる相当な理由がある。また小田垣には逃亡の恐れがあり、すでに逃亡中の可能性も強い。間違いなく、居所不明となっている。

したがって小田垣は、通常逮捕の要件を満たしていることになる。

捜査本部では、逮捕状請求書を作成した。令状請求は、書面で行なわなければならないのだ。

逮捕状の有効期間は、七日間であった。被疑者が逃亡したとなると、七日のうちに逮捕できるという保証はない。

こういうときは、七日を超える有効期間を請求することもできる。だが、捜査本部はあえて、七日以上の有効期間を請求しなかった。

それは、七日間も待てるものではない、という気持ちの表われだった。小田垣を強制捜査の対象として逮捕するというだけで、捜査本部全体の意気込みが違ったのである。

逮捕状請求書が、佐賀地方裁判所へ提出された。

午後三時に裁判所から、捜査本部へ逮捕令状の交付があった。その逮捕状がすぐに執行されることはないが、これで小田垣の全国指名手配が可能になる。

捜査本部では次いで、小田垣の全国指名手配の手続きに移る。小田垣の顔写真、中指と拇指《ぼし》（親指）の指紋、示指《じし》（人さし指）基底部の掌紋《しょうもん》などの写しも、大量に用意されていた。

小田垣の指紋や掌紋は、ホテル・ニューグランド佐賀の五〇二号室で採取されたものだった。いずれも清掃がすんでいない五〇二号室の浴室で、コップと歯ブラシから採取されたため、小田垣の指紋および掌紋と断定したのである。

この指名手配は少々時間を要するが、数日後には全国津々浦々の警察へと行き渡る。それに明日から指名手配された殺人事件の被疑者として、小田垣の顔写真が新聞などに載ることも、大きな効果をもたらすはずであった。

午後六時すぎに、土山大輔と美鈴が佐賀中央署に立ち寄った。

行きがかり上、県警捜査一課の強行犯捜査一係長が応対に出た。弟の遺骨がまだ温かいと、美鈴は胸に抱えていた。

土山大輔は、お世話になりましたと頭を下げる。しかし、美鈴のほうは相変わらず、硬質のポーズをとり続けている。自分は殺人犯の娘だと、開き直った感じさえする。

「奥さんのおっしゃるとおり、お父さんは逃亡したようですね。親の務めをあなたに代行させて、どこかでのんびりしているとは考えられませんから……」

係長は手にしていた写真を、意味もなく美鈴の目の前に差し出した。

小田垣の顔写真だった。この写真のネガを昨日、係長はホテルで美鈴から渡されたのである。美鈴は頼まれもしないのにわざわざ東京から、父親の写真とそのネガを持ってきたのだ。

まるで父の顔を早く公開しなさいと、警察を促《うなが》すようなものではないか。近ごろの若い者は、何を考えているのかさっぱりわからない。いったいどういうつもりかと、係長は茫然《ぼうぜん》となった。

だが、この時点での捜査本部はまだ、小田垣の写真のネガを入手できずにいた。地元新聞社、西玄寺など関係方面から集めた写真が数葉あるにすぎない。

一時はほかの男の写真だろうと疑いもしたが、見れば間違いなく小田垣だとわかる。どうせ必要とされるんでしょうからと美鈴は言うし、ご協力を感謝しますと係長はビックリ箱を渡されるように、恐る恐る写真とネガを受け取ったのだった。

いま係長はそのネガから焼き増しした多くの写真の一枚を、何となく美鈴の目の前にチラつかせることになったのである。

「お役に立ちましたね」

美鈴は、写真を無視した。

「残念ながら……」

美鈴もじつは父親を憎んでいると、そんなふうに係長は想像した。

「父も弟も、愚《おろ》かでした。わたし愚かな人間は、避けて通ることにしています」

美鈴は最後まで、表情のない顔でいた。

最終便で帰京するからと、土山大輔と美鈴はまもなく立ち去った。係長は佐賀中央署の前の路上まで出て、振り返ることのない二人が乗ったタクシーを見送った。

美鈴は完全に、父親を見捨てている。小田垣は見捨てられた男にふさわしく、ついにこの日も佐賀の地を踏まなかったようである。小田垣の消息についても、情報は皆無《かいむ》に終わった。

翌十月十二日から、小田垣光秀は日本一の大スターとなった。おそらく日本人の半数が、小田垣の顔写真を眺《なが》めたことだろう。それ以上の日本人が、小田垣光秀という姓名を見聞きしたにちがいない。

新聞、テレビ、ラジオのニュースとしての扱いが、それほど派手だったということになる。もちろん事件のほうにも、センセーションを巻き起こすような要素が具《そな》わっていた。社会性、親子問題、家庭の悲劇と各層の日本人がそれぞれ興味をそそられるようなテーマが、事件の背景に秘められている。

しかも、滅多に起きない事件、という意味では猟奇的《りようきてき》である。更にミステリアスな部分も、あちこちにちりばめられている。加えて残酷性、冷酷性という点でショッキングな事件であった。

そのうえ、社会的地位のある人間と名を知られたスポーツマンという取り合わせが、日本人を無関心にはさせない。それがまた親子だということで、人々はいっそう驚きの目を見はる。

とても信じられないということで、大人たちはテレビの前に釘《くぎ》づけになる。スポーツ選手の死が、十代の若者までをスポーツ新聞にと招き寄せた。

加害者は大学教授、その分野では名の通った理学博士。

被害者はそのひとり息子で、全国学生テニス選手権大会に二年連続してのチャンピオンである。甘いマスクも人気の的で、熱烈なファンが少なくなかった。

加害者は逃亡中で、逮捕状も出ていることから全国指名手配となった。

このように条件がそろっているのだから、なるほどニュース性は最高といえる。もちろん、一過性のニュースで終わるものではない。マスコミはあらゆるチャンネルを使って連日、続報、その後の進展、余話といった形の報道を繰り返す。

それを追って、週刊誌が戦陣に参加する。たちまちにして小田垣が、日本一の有名人となる所以《ゆえん》である。その中にあって、佐賀県、佐賀市、佐賀県警、佐賀中央署という活字も声も、どれほど全国の耳目《じもく》に触れたことだろう。

佐賀の大安売り、佐賀の大宣伝と笑う県民がいれば、こんなことで有名になりたくないと肩を落とす市民もいた。しかし、いちばん割りを食うのは、佐賀県警ということになる。

佐賀県警が解決すべき大事件と連日連夜、日本じゅうに言い触らされているようなものなのだ。それは佐賀県警に重大な責任ありと、全国へ向けて放送されているのと変わらない。一部のマスコミはすでに、そういうことを明言していた。

そんなマスコミに限って、最初は佐賀県警を攻撃した。小田垣を逃がしたのは佐賀県警のミス、初動捜査の失敗、後手後手《ごてごて》に回った手ぬかり、などと批判したのであった。それがその後、佐賀県警を冷やかすような論調になった。

解決して、当たり前。

解決できなければ、責任重大。

犯行の動機は、いまだに不透明。

物証が、はたしてあるのか。

犯人が自供しなければ、とんだ赤っ恥。

アリバイは、崩せるのか。

さて、お手並み拝見。

と、こういった調子で、報道のトーンが貫かれている。それにも増して痛いのは、事件の内容と犯行の状況に関する報道が、詳細を極めていることであった。

被疑者も逃亡中に、そのような新聞・週刊誌の記事を読み、テレビのニュースをじっくりと見る。そうなると被疑者の自供には、まるで価値がなくなってしまう。

誰もが知っていることを、被疑者も喋ったと見なされるからだった。いくら被疑者が自供したことでも後日、あれは新聞に載っていた、テレビで見たと言われれば、それまでなのである。

まったく捜査本部にとっては、『いい迷惑だ！』と怒鳴りたくなるようなことばかりであった。しかも、小田垣は依然として行方不明ということで、捜査本部では焦燥感《しょうそうかん》の風船がいまにも破裂しそうになっていた。

十月十七日、日曜日――。

捜査本部へ、北海道警本部から連絡がはいった。

「手配中の小田垣光秀の身柄を、本日午前八時二十分に拘束しました」

これが、北海道警本部からの第一声であった。

「ありがとうございました！」

これが、捜査本部側の最初の言葉である。

北海道班の捜査員は、苫小牧のタクシーの運転手から話を聞いている。それによるとホテル北界から小田垣を乗せたタクシーは、千歳空港へ直行したという。小田垣は当然、空港でタクシーを降りたわけである。

しかし、小田垣は飛行機に乗ることなく、北海道の日高《ひだか》地方へUターンしたらしい。日高本線《ひだか》で様似《さまに》まで行き、襟裳《えりも》岬のあるえりも町《ちょう》へ向かったものと思われる。

小田垣は十月十日から、えりも町の民宿に滞在を続けていた。だが、やがて民宿の経営者が小田垣のことを、逃亡中の殺人犯の写真に似ていると怪《あや》しみだした。

民宿の経営者は二日ばかり迷ったものの、今朝早く思いきって一一〇番通報をした。知らせを受けて所轄《しよかつ》の浦河《うらかわ》署の係官が、東五十キロのえりも町の民宿へ急行した。

不意を襲われてか、小田垣はかえって動じる様子がなかった。小田垣はむしろ堂々と、浦河署への任意同行に応じた。現在、浦河署において小田垣の身柄を拘束している。

なお、浦河署まで引き取りにくるのでは余分な時間を費やすので、当方が千歳署まで移送して小田垣の身柄を引き渡してもよいと、北海道警本部からの連絡は最後に好意的な提案を付け加えた。

佐賀県警としては、感謝感激である。

「そうお願いできれば、今日じゅうにトンボ返りすることが可能です」

捜査本部では頭を下げて、北海道警の申し出に甘えることにした。

急遽《きゆうきよ》、二名の捜査員が北海道へ飛ぶ。二名の捜査員は、福岡発十一時三十分の飛行機に乗る。

千歳着が午後一時四十五分、千歳警察署で逮捕令状を執行して小田垣に手錠をかける。

小田垣を護送して、千歳発三時二十五分の便に乗る。福岡には、五時五十分につく。今夜の七時三十分ごろには、佐賀中央署に到着することだろう。いよいよ小田垣光秀を、捜査本部へ迎えるのである。
捜査本部長は、大男を署長室に呼んだ。
大男とは、佐賀県警捜査一課強行犯捜査二係の水木警部補であった。

第二章　静かなる決闘

1

水木正一郎《しょういちろう》、四十五歳。

佐賀県生まれ。

熊本《くまもと》市の私立大学を卒業後、佐賀県警察に奉職。勤続二十三年だが、その大半を捜査畑一筋に過ごす。

県警本部捜査一課に配属されてからの十五年間に、被疑者の取調べに異色の才能を発揮する。死んでも口を割らないというタイプの被疑者を説得して、数々の難事件を解決している。

いままでは『落としの達人』、『取調べの神さま』などの異名で呼ばれる。

身長一・八メートル、体重七十八キロ。大男の印象を与えるが、肥満体ではない。童顔で、輪郭は長円形。美男とは違うが、顔立ちは整っている。切れ長な目と、左目尻のホクロが特徴。髭《ひげ》はないが、武者《むしゃ》人形の容貌を思わせる。髪を短く刈り込んでいても、白髪《しらが》はただの一本もない。

剣道三段、柔道四段。

酒は飲めず、タバコもやらない。趣味は釣り、ジグソーパズル、昼寝。

家族は妻、長女、長男で、佐賀市緑小路《みどりこうじ》の持ち家に住んでいる。持ち家といっても、父親の遺産を相続したのである。建物は古いが、手狭《てぜま》な家ではなかった。

水木正一郎は、声が大きい。だが、多弁ではない。無口というより、余計なことを言いたがらないのだ。同僚と一緒にいても、ニヤニヤしながらの聞き役でいる時間のほうが長かった。

警部になっていてもおかしくない水木正一郎だが、昇進試験そのものを嫌っている。捜査の第一線にいて現場の仕事を失いたくないから、警部補のままでいたいらしいというもっぱらの噂《うわさ》であった。

そうした水木正一郎警部補が、署長室すなわち捜査本部長室へ呼ばれた。

署長室には、五つの人影があった。

署長のほかに県警捜査一課長、古賀管理官、強行犯捜査一係長、同じく捜査二係長の四人である。

毎度お馴染《なじ》みを通り越して、代わり映えのしない顔触れというべきだった。

「ご用だそうで……」

水木警部補は署長と、デスクを挟んで向かい合った。

「ご苦労さん」

デスクのうえで、署長は両手を重ねた。

「どうも……」

水木警部補は、捜査一課長たちにも会釈を送った。

水木警部補には、どことなく余裕が感じられる。なぜ捜査本部長に呼ばれたのかという不安も期待も、水木警部補にはないからであった。つまり用件が何であるか、水木警部補には見当がついているということなのだ。

「わかっているようだね」

署長の制服を着た本部長は、口もとを綻《ほころ》ばせた。

水木警部補が落ち着いている理由を、本部長も察しているようであった。

「何でしょうか」

水木警部補も、薄ら笑いを浮かべる。

下唇《したくちびる》が三日月を横にしたような形になり、上唇をほんの少し持ち上げて前歯二本を覗かせる。悪戯《いたずら》っぽく照れているようで、水木独特の笑った口だった。

本部長は、警部補を見上げた。

「きみの出番だ」

「小田垣教授ですか」

水木の顔から、一瞬にして笑いが消えた。

「待ってましたって、威勢のいい返事を聞きたいね」

「そうは、いきません」

「どうしてだ」

「人間には、向き不向きってものがあるんです」

「刑事《デカ》が取調べに臨むのに、向き不向きなんてあるもんじゃないだろう」

「それがあるんです、わたしの経験によれば……。相性が悪いっていうのが、けっこういるもんなんですよ。そういうのにぶつかると、取調べはうまく運びません」

「そんな弱音を、取調べの神さまの口から聞くとは思わなかった」

「これは、事実なんです。信じてください、本部長」

「きみに向かないってのは、どういう人種だ」

「自己暗示にかけて、それを確信してしまう連中です」

「自己暗示の内容を確信すると、人間はどうなるんだね」

「心に隙間《すきま》がなくなって、ほんとうの孤独とか寂しさとかを感じなくなるみたいです。男だったらインテリ、女だったら三十代から四十代の主婦に多いようですね」

「小田垣は、確かにインテリだが……」

「大学教授なんてのは、とくに苦手です。理学博士となったら、もう相手にしたくもありません。わが子を殺害するような理学博士となると、なおさら複雑な人間性が読み取れませんしね」

「そう難しく、考えることもないんじゃないのか」

「わたしがこれまで付き合ってきたのは、犯罪者といえどもみんな当たり前の人間でしたよ。心を開けばどいつもこいつも、普通の弱い人間だったんです。だからこそ最後には、事実を喋る気になったんでしょう。それに比べると、小田垣教授ってのは……」

「違うかね」

「人造人間か、宇宙人って気がします。とても、手に負えないって感じですね」

「まだ小田垣に、会ってもいないくせして……」

「川でフナばかり釣っていた人間がいきなり、海へ行ってアジを釣ってこいって言われるようなもんです」

「フナもアジも、魚であることに違いはないだろう」

「本部長は釣りというものをご存じないから、そういう無茶なことをおっしゃるんでしょう。フナとアジとでは、まるで違うんです。川釣りと、海釣りでは……」

「釣りの話は、どうでもいいんだ。それより小田垣も普通の人間であり、普通の犯罪者だという認識を、きみには持ってもらわなければならない」

「この一週間、小田垣は襟裳岬の民宿でじっくりと、彼自身を自己暗示にかけていたんでしょう。取調官と刺し違えるために、白刃《はくじん》を研《と》ぎ上げていたんです」

「水木警部補に、尋ねたい」

「はあ」

「小田垣の取調べを一任できる者が、きみを除いてほかにいるだろうか」

「取調べの専門家は、大勢おります」

「落としの達人、取調べの神さまといわれる者がほかにいるかと、わたしは質問しているんだ」

「しかし……」

「答えは、わかりきっている。落としの達人、取調べの神さまというのは、水木警部補ひとりだけだ。いいかね、あと数時間もすれば北海道の千歳署で、令状を執行して小田垣を逮捕する。今夜の七時すぎには小田垣が、この佐賀中央署へ強制連行されてくる。しかし、問題が山積《さんせき》していて、事件解決にはほど遠い。すべては、これからということになる」

「問題山積ですか」

「きみも、よく承知しているだろう。だからこそ、きみだって逃げ腰にならざるをえないんだ」

「べつに、逃げ腰になっているわけではありません」

「明白なのは、小田垣が百パーセント犯人《ホシ》だということだけだ。それを裏付ける状況証拠も、山ほどある。その中でも、息子が殺されたことに背を向けて逃亡したという異常な行動が、状況証拠としては決定的と見なされて逮捕状も出た。だが、今後はそうはいかない。ただひたすら、事実の積み重ねということになる」

「当然です」

「息子を殺害した明確な動機、凶器をはじめとする物的証拠、もちろん小田垣が主張するであろうアリバイ。これらを早急に解明しないと不起訴どころか、それ以前に検事に見捨てられて小田垣の勾留すら認められなくなるだろう」

「当然です」

「しかもだ、そうした問題点は残らず、小田垣のみが知ることときている。つまり問題点はみんな、小田垣の口から聞き出さなければならない。小田垣の自供を、突破口にするしかないんだ」

「確かに、そういうことにはなります」

「小田垣にもそうとわかっているから、必死の抵抗を続けるだろう。肝心なことはいっさい自供しないで、何とか勾留期間を乗りきろうとするにちがいない」

「当然です」

「小田垣に対する取調べは、取調官と小田垣の食うか食われるかの死闘となる。われわれの命運を賭《か》けての死闘だから、是非とも取調官には勝ってもらわなければならない。まあ、こんなわけで今後のことは何もかも、小田垣の取調べひとつにかかっている。いわば取調べが、天下分け目の一戦となる」

「そういうことでしょうね」

「天下分け目の一戦となれば、わがほう随一《ずいいち》の武将を先頭に立てなければならない。小田垣の取調べは落としの達人、取調べの神さまといわれる第一人者に任せるのが、最上の策だと思わんかね」

本部長の眼光には、いつになく熱っぽさが加わっていた。

普段は署員を威圧することがないとされている署長が、いまは一歩も退《ひ》かないと強硬な態度を示す捜査本部長になっている。いつもより目が大きくなり、眉も濃くなったように思えてくる。

「はあ」

水木警部補も気圧《けお》され、あとの言葉を失っていた。

「佐賀県警の勝利かそれとも大失態かを、きみに決めてもらおう」

ドラマの台詞《せりふ》なら殺し文句といわれそうな言葉を、本部長はさりげなく口にする。

「命令ならば、それに服します」

仕事の分担を拒否したことなど、水木警部補はまだ一度も経験していない。

「もちろん、捜査本部長としての命令だ」

本部長は、うなずいた。

「諒解《りようかい》しました」

水木警部補はこうなることに決まっていたのだと、署長室を訪れたときの気持ちに戻っていた。

「全国の人たちが成り行きを見守っているなんて、あまり考えないほうがいいね」

捜査一課長が言った。

「佐賀県警の名誉も意地もあるけど、こいつは見世物じゃないんだから……」

古賀管理官が、指先でメガネを押し上げた。

「雑音には、耳を貸さない。あのいつものミズさんの自然体、あれがいちばん信頼できるな」

これは、強行犯捜査一係長の激励の言葉だった。

直属の上司の捜査二係長だけが、黙って笑っている。その上司の指が、テーブルのうえの段ボール箱に向けられていた。段ボール箱の中身が何であるか、水木警部補にはとっくにわかっている。

それは、この一週間における捜査資料であった。東京班、北海道班、地元班と分かれて聞込み捜査を続けた捜査員全員の報告が、詳細な資料としてまとめてあるのだ。

それに被疑者の資料も、加えられている。被疑者に関するトラの巻《まき》とでもいうべきか、そこには小田垣に結びつくすべてのことが記されていた。どんなに些細《ささい》なことだろうと、真面目に書き込んである。

たとえば――。

被疑者はネコが好きだが、まだ一度も飼ったことがない。

被疑者の名付け親は叔父《おじ》だったが、その叔父は恋人と心中を図り故人となった。

被疑者は、何よりも雷鳴を恐れる。

被疑者は、自転車に乗れない。

被疑者の服装の色の好みは青系統。ブルー、水色などで、グレーのスーツは一着も持っていない。

被疑者は、油揚げと人参を少なめにまぜたヒジキの煮付けが大好物。

こんなふうに馬鹿らしいとも思えること、どうでもいいようなことまで、丹念にメモされているのだった。この捜査資料と被疑者資料が、取調官には必要不可欠な宝物なのである。とくに、水木警部補の取調べの流儀によると、そういうことになるのであった。

その代わり、これから勉強しなければならない。捜査資料と被疑者資料の両方に目を通して、記憶すべきことは残らず大学ノートに筆記する。ノートの半分以上が、文字で埋まることも珍しくはない。

小田垣を取り調べるとなれば、一段と綿密な資料の整理が必要だろう。今夜の七時までに勉強を終えるのは不可能だが、おそらく三日のうちにノート一冊に余白がなくなるものと思われる。

夜になって七時二十分に、パトカーの先導で乗用車一台が佐賀中央署に到着した。両側から二人の刑事に腕を抱えられて、手錠をはめたままの初老の男が応接室へ連れ込まれた。

捜査本部が事情聴取などに、使わせてもらっている臨時の応接室であった。そこでまず、小田垣の身体検査と所持品検査が行なわれる。そのあとの小田垣は、まだ留置場に収容されることなく取調室へ直行させられるのだった。

水木警部補は遠くから、初老の紳士をチラッと見やった。小田垣光秀はなぜか、グレーのスーツを着込んでいた。

2

小田垣の所持品について、水木警部補は直ちに報告を受けた。

上着のポケットから財布、ズボンのポケットからハンカチ。財布の中身は現金約六万円、キャッシュ・カード、名刺。

アタッシェケースに収納されていたものは植物学の専門書一冊、推理小説の単行本一冊、週刊誌二冊、新品のワイシャツ一枚、外国タバコ二箱、二百円ライター一個、苫小牧のデパートの領収レシート一枚。

これだけであった。

「では、始めてきます」

水木警部補は、立ち上がった。

「いよいよ、ご対面か。健闘を、祈るよ」

強行犯捜査二係長が、岩のように固い水木の背中を叩いた。

水木は署長室を出て、三階へ向かった。被疑者の処置を決めるのに、警察には四十八時間のみが与えられている。警察は四十八時間以内に被疑者を釈放するか、あるいは身柄を検察庁へ送致するかの答えを出さなければならないのだ。

たったの四十八時間である。それも、逮捕のときから四十八時間となっている。小田垣の場合は、今日の昼間のうちに逮捕されているのであった。

今日の午後二時三十分、北海道の千歳署へ赴いた佐賀県警の捜査員が犯罪要旨を告げたうえ、令状を執行して小田垣を逮捕している。つまり、今日の午後二時三十分からの四十八時間になるのだった。

残り、四十二時間と三十分しかない。非常に、貴重な時間といえた。これが現行犯逮捕とか、目撃者などがいる単純犯罪とかであれば、さほど苦労はない。自供するまでに、時間がかからないからであった。

また、窃盗《せっとう》のように比較的、罪の軽い犯罪も同様である。被疑者はあっさり観念して、すらすらと犯行を自供することが多い。四十八時間もあれば十分というわけで、時間内に被疑者の身柄を送検することができる。

ところが、殺人のような重犯罪となるとそうはいかない。死刑になる恐れがあれば、被疑者のほうも死にもの狂いである。命《いのち》懸《が》けの攻防戦だと、被疑者は腹を据《す》えて取調べに臨む。

死刑に結びつかない犯罪でも、何とか罪を逃れようとする被疑者であれば、一筋縄ではいかなかった。四十八時間内に白旗を掲《かか》げることは、まずありえない。

小田垣光秀も、そういう被疑者のうちにはいるだろう。長期戦になることを初めから覚悟して、四十八時間といった時間制限は念頭に置かないほうがよかった。

今夜は、ほんの顔合わせである。

そういうつもりで、水木警部補は三階への階段をのぼった。

佐賀中央署の三階の東側半分は、留置場、保護室、それに取調室で占められている。取調室は1号から14号までの十四室が、三カ所に分かれて配置されていた。

取調室は規格が定まっていて、広さも造りもすべて同じであった。ドアの外側に標示されたルームナンバーだけが違っていて、室内へはいればここは何号か取調官にもわからなくなる。

水木警部補は、2号取調室を指定しておいた。

取調室の面積は約九・九平方メートル、六畳ほどの広さである。

やや細長く、長方形をしている。部屋の間口より、奥行きのほうが長い。ドアからはいると、正面の突き当たりは窓になっている。窓には、鉄格子が取り付けてある。

その窓の手前の右寄りに、飾り気のない頑丈そうなデスクが据えられている。デスクを挟んで、椅子は二つしか置いてない。

窓に背を向ける椅子には、被疑者がすわることになっている。逆に窓と向かい合う椅子は、取調官の定席《じょうせき》であった。

取調室へはいってすぐの左側に、壁に向かう格好で細長いテーブルと椅子がある。これは、補助官の席だった。

補助官は、取調官の助手を務める。しかし、補助官が取調べに割り込んだり、被疑者とやりとりを交わしたりすることはない。補助官にはほかに取調官と二人三脚で、やらなければならない仕事がいろいろとあるのだ。

そういう意味で、補助官は貴重な存在となる。ただ被疑者の発言を、メモしていればいいというものではない。何よりも取調官とぴったり息が合うことを、補助官は要求されるのであった。

水木警部補は、2号取調室の前に立った。廊下に人影はなく、森閑《しんかん》としている。今夜はどの取調室も、使われていないと聞いていた。だが、この静寂が緊張感を呼び、水木警部補に深呼吸をさせた。

ノックしてから、ドアをあける。

すぐ目の前に、御子柴《みこしば》刑事の二枚目半の顔があった。御子柴刑事は、水木と同じ捜査一課強行犯捜査二係の所属である。二十九歳とまだ若いが、水木の直弟子《じきでし》を自任している。

水木は去年あたりから、御子柴刑事を取調べの補助官として使うようになっていた。

一年たらずで申し分のない相棒に成長したので、このところ水木の取調べの補助官は御子柴の指定席になっている。今回も名コンビを組むために、水木は御子柴を補助官に指名したのだ。

奥の席に、小田垣の姿があった。その背後に、二人の刑事が立っている。小田垣の監視役であり、取調べにはかかわりのない刑事たちである。

「ご苦労さん」

引き取ってもいいという指示のつもりで、水木警部補はそのように声をかける。

二人の刑事は小田垣の手錠をはずし、それを御子柴に渡して取調室を出ていった。これでもう、人の出入りはなくなる。2号取調室は水木警部補、御子柴刑事、それに小田垣被疑者の三人だけの世界であった。

1号と3号取調室に挟まれて、その境は壁一枚で仕切られている。しかし、隣室同士はもちろんのこと、廊下に声が洩《も》れるような恐れもない。それなりに、防音装置が施されているのだ。

御子柴刑事が、補助官の席についた。

水木警部補も大股《おおまた》に、自分がすわるべき椅子へと足を運んだ。水木警部補は、立ったまま小田垣を見おろした。小田垣のほうも、誘われるように水木を見上げた。目と目が合って、数秒間は動かなかった。

年老いても、知的で気品のある人間の容貌は変わらない。育ちのよさも面影に残っていて、いまはそれが一種の威厳になっている。下品な学者と違って、一流の知識人という顔ができていた。

大学教授らしい貫禄《かんろく》も、疲労の色に消されるようなことはなかった。痩せていようと長身の小田垣なので、姿勢を正しているとなかなか立派であった。胸を張って、毅然《きぜん》たる態度でいる。

水木警部補の長年の経験を単純にモノサシとすれば、どう見ても殺人犯とは思えない小田垣光秀である。白髪が似合うし、目も澄んでいた。この目が澄んでいるという事実が、水木警部補にはやりきれなかった。

小田垣はすでに、自己暗示にどっぷりと浸《つ》かっている。自分は無実だと確信して、心の準備も整えている。小田垣は人間の感情を捨て、半ばロボットになりかかっている。だからこそ、澄んだ目をしていられるのだ。

「十月十七日、二十時ちょうどだ」

水木警部補は、御子柴刑事を振り返って言った。

「はい、午後八時ちょうどです」

御子柴刑事は、自分の時計に目を落とした。

「わたしは、佐賀県警本部捜査一課強行犯捜査二係の水木警部補。あれは、同じく御子柴刑事です。あなたの取調べは最初から最後まで、われわれ二人が担当します」

水木は引き出した椅子に、またぐようにしてすわった。

ドアのあたりから見ると、急に壁でもできたように水木のかげに小田垣は隠れた。その小田垣は、無言でいる。顔色は青白いが、無表情であった。

「小田垣光秀、住所は東京都杉並区阿佐谷北七ノ五ノ一、年齢五十五歳、職業は東都大学理学部教授、肩書理学博士……」

水木は、溜息《ためいき》をついた。

小田垣は、黙っていた。やはり表情のない顔で、姿勢も崩さなかった。娘の美鈴も、能面のような顔でいた。だが、美鈴は必死に、表情を殺していたのだ。それに引き替え、小田垣は表情が死んでいる。

「千歳署で逮捕状を提示されたとき、犯罪事実の要旨《ようし》と弁護人の選任権を刑事から告げられましたね」

水木は小田垣の額《ひたい》、耳、顎を結ぶ円を追うように、大きな目を忙しく動かした。

「黙秘権の告知は、受けておりません」

小田垣が、口を開いた。

「黙秘権ねえ。それは被疑者が供述を拒否するのは勝手ですが、こっちから供述拒否権について告知することは不要となっているんですよ」

学者も勘違いすることがあるのだと、水木警部補は苦笑した。

「取調べは、この二人で担当すると言いましたね」

小田垣は、急に話題を変える。

「それが、どうかしましたか」

やりにくい、と水木は思った。

「そのことは、事実なんですか」

「そんな嘘をついたって、何にもならないでしょう」

「あと何人か刑事が来て、怒鳴ったり脅したりするんじゃないんですか」

「取調べには人数も、怒鳴り声も、余計な口出しも必要ないんでね。そうしたものはむしろ、取調べの邪魔になるという意味でマイナスでしょう」

「しかし……」

「刑事ものドラマを、よく見るんでしょう」

「刑事もののドラマが大流行していたころは、よく見ましたよ。最近は、ときどきになりました」

「ドラマは、あくまでドラマです。ドラマの取調室と実際の取調室では、まったくの別ものですよ」

「確かに、見た目にも違う。テレビドラマの取調室というのは、もっと暗い感じでしょう。ここみたいに、明るくない」

「ドラマの取調室だと、決まってテーブルに電気スタンドが取り付けてある。そのスタンドの明かりで、被疑者の顔を照らしたりする」

「電気スタンドっていうのは、ドラマだとよく使われる。それが、ここにはありませんな」

「照明は、天井にだけあります。明るいから、ほかに電灯はいりません」

「この机のうえには、灰皿しか置いてない。実際は、こういうものなんですかね」

「時代の変化には、警察もついていっているんですよ。ところが、刑事もののドラマとか推理小説とか想像の産物は取り残されて、旧態依然というかむかしと少しも変わっちゃいないんです」

「たとえば……」

「ドラマの取調べで何人かの刑事が被疑者を取り囲んで、怒鳴ったり机を叩いたりして供述を迫りますが、現実となるとあんなものは通用しません。被疑者が自白を強要されたと主張すれば、公判で供述調書は証拠として採用されなくなります」

「うん」

「怒鳴ったり大きな声を出したりしなくても、取調室に刑事が三、四人いたというだけで、威圧されて自白したと言われたらそれまでです」

「だからここでは、二人だけで取調べをする。ほかの刑事は、いっさい出入りしない。そのうえ、あなたは非常に紳士的だ。大きな声を出すどころか威張りもしない、言葉遣いも乱暴じゃない、被疑者の心を和《なご》ませようと努めている」

小田垣はもの怖《お》じせずに、水木の目をまともに見据えている。

平然として取調官と、視線をぶつけ合える被疑者というのは珍しい。しかも、小田垣は『被疑者の心を和ませるのが水木の狙《ねら》いであることをちゃんと読んでいる』と、通告しているのだった。

そういうときには、ニヤリとでもしてもらいたい。それが、人間ではないか。しかし、小田垣はロボットのように、死んだ顔でいる。水木は薄気味悪さを感じるとともに、油断してはならないと自戒した。

「べつに意識してそう努めているわけじゃないんですが、要するに時代が変わったということなんですよ」

予想どおり難しいと水木は、荒涼たる原野を眺めるような気分にさせられた。

「自白万能の時代ではなくなったのに、テレビドラマや推理小説の技法はそれに追いつけないんでしょう。なにしろテレビのミステリードラマも推理小説もその主流は、犯人が自白して犯行の謎《なぞ》が明らかにされたところで終わるというのを、いまだに技法の基本としていますからね。犯人の自白が第一で、そのあとの証拠固めなどは省略されてしまいます。とくに物的証拠が、軽視されがちです。犯罪捜査も公判も物証、物証、物証と、物証万能主義に変わったってことへの認識に、世間全体が欠けているんじゃないんですか」

やや甲高いが抑揚《よくよう》のない声で、小田垣は演説をぶった。

滔々《とうとう》と弁ずるのではなく淡々と述べたのだが、小田垣の挑戦的な気持ちに変わりはないだろう。小田垣は明らかに、取調べをいかに巧《たく》みに進めようと物証がなければ無駄に終わると、水木をゆさぶっているのである。

甘く見られてはならないと、水木は小手調《こてしら》べという安易な思いを引き締めた。今後のためにもこのあたりで、一矢《いっし》を報《むく》いることが肝心かもしれなかった。

「小田垣先生、あなたはどうしてグレーのスーツを着ているんです」

今度は水木警部補のほうが、唐突に話を一変させるという攻勢に出た。

3

不意をつかれるというのは、予期せぬ何かに出くわすことである。心の準備が、まったくできていない。そのうえ、逃げたり避けたりすることも許されないのだ。

闇夜《やみよ》の通行人が突然、鼻先に白刃《しらは》を突きつけられたのと同じであった。その瞬間に、人間は激しいショックを受ける。そうしたショックは必ず、何らかの反応となって表われる。

小田垣は水木警部補が、スーツの話を持ち出すとは夢にも思っていない。ましてスーツの色柄について水木が触れるとは、小田垣にとって想像も及ばないことだった。小田垣は予期せぬ二つのことと、同時に出くわしたのである。

したがって、狼狽《ろうばい》も二倍になるはずだった。少なくとも水木は、そのように計算していた。しかし、小田垣は目を伏せただけで、さほど顕著《けんちょ》な反応を示さなかった。

予想以上に手強《てごわ》いと、水木は胸のうちで認めていた。

小田垣は、確固たる方針を立てている。それは、世間話を離れた刑事の質問に対する対抗手段といえた。第一に質問を受けた瞬間には、目をつぶるか伏せるかすることであった。

心理的動揺は、目にはっきりと表われる。それで相手に、目を見せないようにする。そのために、目を伏せる。あるいは、さりげなく目を閉じる。

第二に徹底して、無表情を保つことである。最初から無表情で通すことをしっかりと意識していれば、人間にはそれが可能となる。意思どおりに無表情を作りつづけることは、それほど難しくない。

不意をついた質問、核心に触れる尋問には、目を伏せたうえ表情を動かさないようにする。そうすれば、反応を示さないことになる。小田垣はそうした気持ちの訓練を積み、それを励行《れいこう》したのだ。

「答えてくれませんか」

水木は左目尻のホクロに、左手の人さし指をあてがった。

黒くて小さなボタンを、指先で押し鳴らすという感じだった。

小田垣はおもむろに、視線を水木の顔へ戻した。眼光が、鋭くなっている。表情は変わらなくても、小田垣の心は波立っているのだ。

「それとも、黙秘ですかね」

期待は裏切られていないと、水木は乗り出していた。

「わたしに、黙秘権を行使するつもりはない。黙秘するのは、犯人であることを認めた証拠でしょう。犯人でも何でもない人間が、どうして黙秘なんてするんです」

小田垣は冷静だが、声の甲高さがやや増している。

「まあそれも、理屈といえなくはありませんがね」

水木警部補はまだ指先で、左目尻のホクロを押していた。

「弁護人の選任権にしても、同じことです。犯罪者であることを認めるから、弁護士を頼むんでしょう。罪も犯していない善良な市民が、なぜ弁護人を必要とするんですか。だから、わたしは弁護士の選任の意思もありません」

「しかしですね、あなたは殺人事件の被疑者として逮捕され、現にこうして取調べを受けているんですから……」

「それがそもそも怪《け》しからんってことに、警察はまったく気づいていない。無実の人間をこうやって犯人扱いにするのは警察の横暴、国家権力の濫用《らんよう》です」

「でしたらひとつ、無実であることを証明してください」
「あなたは、知らないんですか」
「何をです」
「わたしには、アリバイがあるっていうことですよ」
「先生がアリバイを主張するだろうってことは、よく承知しています」
「新聞によれば、息子の死亡推定時刻は十月九日の午後一時半から三時半までということでしたよ」
「そのとおりです」
「それも、佐賀医大の教授による解剖所見となれば、十分に信頼できる」
「そうですね」
「しかし、わたしが遠く北海道の苫小牧でホテルにチェックインしたのは、同じ十月九日の午後二時三十分だったんですよ」
「よく、わかっています」
「午後一時半から三時半までのあいだに九州で息子を殺したわたしが、どうして午後二時三十分に北海道のホテルに現われることができるんですか」
「できないでしょうね」
「午後一時半に息子を殺したとしても、一時間後に北海道のホテルにチェックインすることは不可能です」

「佐賀市から苫小牧市までは飛行機の待ち時間などがなかったとしても、四時間はかかりますからとても不可能でしょう」

「じゃあ、苫小牧のホテルに現われたのは、ニセモノのわたしだったとでも思っているんですか」

「いや、そんなことはありません。うちの捜査員が苫小牧のホテル北界で、小田垣教授に間違いないという確認を得ています」

「それなら、文句なしでしょう。わたしのアリバイは、完全に成立します。同じ人物が同時に、北海道と九州に存在するということは絶対にありえません」

「そうですね」

「これほど完璧《かんぺき》なアリバイのある人間を、被疑者として逮捕するなんて前代未聞《ぜんだいみもん》じゃないんですか。ふつうはアリバイが成立すれば、容疑の対象からはずされるはずですよ。それを強引に逮捕したってことで、わたしは佐賀県の警察に強く抗議したい」

「申し訳ないが先生、あなたはずいぶん大きな考え違いをしてますね」

「どんな考え違いです」

「悦也さん殺害事件で複数の被疑者が浮かんだのであれば、先生のアリバイというのも強い武器になるかもしれない。完璧なアリバイがあるということで、先生は被疑者から除外されるかもしれない。ところが、そうじゃないんですよねえ」

「どういうことです」

「悦也さん殺害事件に関しては、被疑者が先生ひとりしかいないってことなんです。先生を被疑者とする状況証拠ならいくらでもあるのに、ほかに被疑者となりうる人間はひとりもいない。つまり、被疑者は先生ひとりに、絞られたってわけですよ。そうなると先生のアリバイにも、必ず何か裏があるってことになるじゃないですか」

「それは、警察の怠慢《たいまん》でしょう。犯人はわたしだという先入観に眩惑《げんわく》されて、ほかに被疑者が見えなくなっている」

「あなたみたいに不自然な行動が多い人は、ほかに見つけろと注文するほうが無理というもんです。あなたの多くの不自然な行動の中でも、決定的だったのは逃亡したってことでしてね。あなたが逮捕されたのも、逃亡の恐れありというのが最大の原因になったんですよ」

「逃亡だと、勝手に決めつけてもらっては困る。わたし自身には、逃げようなんて気持ちはさらさらなかったんだから……」

「それならどうして悦也さんの遺体と対面するために、佐賀へ引き返してこなかったんですか」

「そのつもりでは、おりましたよ。千歳空港までは、行っているんですからね」

「そう。ホテル北界からタクシーを飛ばして、先生は千歳空港で降りている。しかし、あなたは飛行機に乗らずに、苫小牧よりもずっと東の襟裳岬まで逆戻りしている」

「わたしには、わたしの考えがあったんです」

「考えがあったなんて、とても弁解にはなりませんね。自分の子どもが殺されたと知りながら、遺体のある場所へ飛んでこない親がどこの世界におりますか。しかも先生は、良識と人間性に支えられた大学の教授でしょう。その辺のいい加減な連中の屁理屈《へりくつ》みたいなことでは、とても通りませんよ」

「人間には、いろいろなことがあるんです。もちろん他人には打ち明けられないし、これから先いかに生きたらいいものかと迷い、悶々《もんもん》とさせられるような異変が起きるものなんです。それでわたしも、わたしなりに考えなければならなかった」

「考えるために、襟裳岬へ逆戻りしたってことなんですか」

「そう」

「考えるために襟裳岬の民宿・春《はる》の唄《うた》に、一週間も潜伏を続けていたってことになるんですかね」

「そうです」

「それはやっぱり、逃亡としか言いようがないんじゃないんですか」

「あなたたちには、わからない」

「それを何とか、わからせてくださいよ」

「とにかくわたしは、息子を殺してなんかいない。その証拠にわたしには、単純明快なアリバイがある。わたしは、犯罪者でも何でもない。それなのに警察は、無法にもわたしを逮捕した。許されない越権行為により、わたしの社会的地位と名誉を汚《けが》し、わたしの誇りを傷つけ、わたしの人生を破壊した。そういう警察にわたしは、腹の底から憤《いきどお》りを覚える」

小田垣の指が、メガネの銀色のフレームを摘《つま》んだ。

「われわれは悦也さん殺しの犯人に、激しい憤りを感じています」

水木警部補は、小田垣の顔を見守った。

「卑劣極まりない警察に、負けてはならないと思っている。わたしは北海道から九州まで、手錠をかけた姿で連行された。わたしにとって、生涯に一度の恥辱《ちじょく》だった。あの屈辱感は、死んでも忘れられない」

小田垣は左右の手首を、交互にさするようにした。

「先生、そう頑《かたく》なになることはないでしょう」

そろそろ潮時《しおどき》だろうと、水木警部補は思った。

警察に与えられた四十八時間は貴重だし、残り四十一時間三十分となればなおさらである。しかし、だからといって徹夜で取り調べることはできないし、どうせ四十八時間内に自供するような小田垣でもない。

検事勾留へ、持ち越しになる。いまは、焦《あせ》ってもしかたがない。長丁場になることを覚悟のうえで、急《せ》かないようにすべきであった。被疑者の気持ちに余裕を持たせるためには、十分な睡眠時間も必要だった。

取調べのほうは、まるで進展していない。水木が半ば雑談のつもりで軽くジャブを繰り出しても、小田垣は絶対に乗ってこなかった。ガードが堅いのではなく、まともに打ち合うことを避けている。

いまも小田垣は、警察への憎悪の言葉を並べることでうまく逃げた。本筋にかかわる質問にはいっさい答えずに、議論を吹っかけて話をそらすのだった。

明日からも小田垣は、同じ戦法でくるだろう。最大限、検事勾留は二十日間である。その二十日のあいだ小田垣は犯行を否認し、物証を隠し通せれば何とかなると思っているのだ。

なにしろ襟裳岬の民宿『春の唄』で一週間、作戦を練ってきた小田垣だけに執念は半端《はんぱ》ではないだろう。だが、それならそれでよしというのが、水木警部補の心境であった。いつか必ず小田垣を落とせば、それでいいのである。

「わたしは、絶対に負けません。わたしの誇りにかけて、必ず勝ちます」

小田垣の高い声に力みはなく、死人のような冷淡さを感じさせた。

「宣戦布告ですか」

同じようなことを言う被疑者が多いので、水木は小田垣の通告を深刻に受けとめなかった。

「やってもいないことをやったとは、口が裂けても言いませんよ。取調べが百日続こうと、最後まで耐えてみせます」

小田垣の女のように色白の顔が、うっすらと紅潮していた。

「でしたら今夜は疲れているでしょうし、早々にやすんでください」

水木警部補は、九時十分すぎという時間を確かめた。

御子柴刑事が、取調室を出ていった。小田垣は、何も言わずにいる。眼差しが暗く、取調べから解放されたというのにホッとする様子もない。留置場を恐れているのだと、水木は小田垣の胸中を察していた。

御子柴刑事とともに、先ほどの二人の捜査員がはいってきた。一方の刑事が、渋々と立ち上がった小田垣に手錠をかける。小田垣の目を、ふと不安の色がよぎった。

「さっき所持品検査のあと鑑識で写真、指紋、掌紋の資料作成をすませたんですが、写真をもう一度、撮り直したいってことなんで、これから鑑識に寄ります」

もうひとりの刑事が、水木警部補にそう告げた。

「遅くまで、ご苦労さん」

ドアへ向かう小田垣の後ろ姿を、水木は見送った。

「それから小田垣の指紋と掌紋ですが、ニューグランドの五〇二号室および五一二号室のスリッパから採取されたものと、一致したということです」

刑事は小声でそのように付け加えてから、同僚と小田垣のあとを追って廊下へ消えた。

4

その夜、水木正一郎は十二時に帰宅した。高校一年の長女と中学二年の長男は、とっくに寝てしまっている。妻の加代子《かよこ》だけが、眠たそうな顔で待っていた。

茶の間の食卓に、ポリエチレンのラップをかぶせた惣菜《そうざい》がいくつか並べられている。しかし、水木正一郎は捜査本部で、夜食の仕出し弁当を食べてきた。

風呂から上がってすぐに、水木正一郎は段ボール箱を二階へ運んだ。水木はペンとノートを持って再び、黒光りした階段を軋《きし》ませながら二階へ上がる。

二階の八畳間が、水木正一郎の書斎になっていた。机、椅子、書棚、本箱もない書斎だった。畳のうえに、蛍光灯のスタンドを置く。段ボール箱とノートを、蛍光灯に近づける。薄っぺらな座布団三枚を並べて、そこに腹這《はらば》いになる。

それで八畳間は立派に、書斎の役目を果たすのであった。ただし腹這いになると、部屋全体が傾斜しているように感じられる。古い家というのも悪くないが、いまに崩れ落ちるのではないかと、水木正一郎はいつも気にしている。

加代子が麦茶のポットとコップを、盆にのせて運んできた。加代子は廊下へ出て、立て付けが悪くなったガラス戸をあける。湿った夜気が、流れ込んでくる。

「あら、降ってきた」

加代子は手を、外へ差し出した。

昼間であれば正面に、佐賀工業高校の校舎が見える。だが、いまは人家の明かりのひとつも認められない、という漆黒《しっこく》の闇に閉ざされている。雨が降り出せば、もっと暗くなるだろう。

「雨は、困るわ。この家もあちこち、だいぶ雨漏りがひどくなってきたから……」

加代子はガラス戸をしめて、秋の夜長《よなが》の匂いを消した。

「一度には無理だけど、少しずつ改築したほうがいいかもしれない。この家も、古くなりすぎた」

水木は段ボール箱から、捜査報告の資料を取り出した。

「そうねえ」

加代子はいつものことだが、おっとりとした口のきき方をする。

「明け方までかかりそうだから、先に寝たほうがいいぞ」

妻を追い払うために、水木正一郎はそう言った。

「大変ねえ」

四十歳になる主婦は、顔のどこかで笑っていた。

「一夜漬けだ」

「今度も落としの達人さんが、駆り出されたのね」

「達人さんっていうのは、やめてもらいたいね。達人で、いいんだよ」

「今日、父親の大学の先生が逮捕されたってテレビのニュースで見たとき、そうなるんだろうなって思ったわ」

「そうなるって……？」

「取調べは、お父さんに任されるんだろう。また大変な思いをするんだなって、同情したくなりましたよ」

「あんまり、同情しているようには聞こえないな」

「じゃあ、お先に。おやすみなさい」

足音を忍ばせると、いっそうミシミシが大きくなる階段を、加代子はおりていった。

「やっぱり、他人事《ひとごと》だ」

水木はつぶやきながら、捜査報告書のコピーに目を凝らした。

ノートの半分が、水木の字で真っ黒になったのは午前四時であった。水木はそのまま、俯《うつぶ》して眠った。薄ら寒さに目を覚ましたのは、三時間後のことである。

着替えだけをすませて、玄関へ向かった。家族たちの声は聞こえるが、姿は見えない。妻子と顔を合わせずに、水木は自分の車で出勤する。音もなく、雨が降っている。霧雨だった。

雨漏りの話を、水木は思い出した。いまどき、雨漏りがする家というのは珍しい。実際にあちこちで、雨漏りがするわが家なのだろうか。水木自身は、雨漏りの現場を見たことがない。

加代子の口から、話として聞かされるのにすぎなかった。もしかすると、家の新改築を願う妻の創作かもしれない。事実として否定できないのは、めっぽう古い家なのに長年まったく、手入れがなされていないということであった。

蒸し暑いどころか、湿気《しっけ》もひんやりとしている。本格的な秋の雨であり、朝の街の風景にも寂しさを漂わせていた。そうした秋雨は留置場の被疑者を、孤独感へ誘うほど感傷的にさせるらしい。

佐賀中央署についてから、水木は顔を洗い髭《ひげ》を剃《そ》った。朝食は、抜きである。近くのタバコ屋で、ケントとライターを買う。ケントは小田垣がアタッシェケースの中に所持していたのと、同じ外国タバコであった。

「昨夜はビール一本で、前後不覚の眠りに落ちましたよ」

御子柴刑事が、ウインクのつもりか片目をつぶった。

昨夜は全捜査員が、帰宅時間が遅かろうと熟睡したはずである。犯人逮捕の日は、必ずそうなるのだ。捜査本部の雰囲気も、昨日までとは違っている。二日酔いが醒《さ》めたように、誰もがすっきりした顔つきでいた。

今日から捜査は、第二段階にはいる。被疑者の供述に基づいて、その裏付け捜査に専念するのだった。捜査本部全体が、落としの達人の取調べの進展を見守る。期待感が、緊迫感に変わっていた。

午前八時三十分——。

2号取調室で取調官、補助官、被疑者の三人が顔を合わせる。

取調べの再開であった。

今朝の小田垣は、ネクタイを許されていない。靴もはかずに、ゴム草履《ぞうり》を突っかけている。髪が乱れていて、とくに白髪は撫《な》でつけられることを拒んでいた。

留置場を初めて経験する者は、その第一夜にかなりの精神的ダメージを受ける。まして殺人容疑者となると、絶望感に苛《さいな》まれる留置場の初夜が、決して居心地のいいものであるはずはない。

小田垣も一夜にして、大学教授らしさを失っていた。たぶん、ロクに眠ってはいないだろう。目は赤く、眼窩《がんか》が窪《くぼ》んでいる。色白の顔も、にわかに黄ばんでいた。頬《ほお》がこけて、やつれた感じである。

だが、無表情に変わりはなく、昨日と同様に昂然《こうぜん》と構えていた。少しも弱気にはなっていないし、かえって闘争心が高揚しているようにも思える。小田垣は留置場でますます、自分の無実を確信したのではないだろうか。

「まあ、一服……」

水木警部補はポケットから、ケントとライターを取り出した。

「これは、ありがたい」

一瞬、小田垣は無表情でいることを忘れて、目をまるくした。

小田垣は少なくとも昨夜ここに到着してからは、喫煙《きつえん》を禁じられているはずであった。タバコをやらない水木にも、さぞかし辛《つら》いことだろうと察しはつく。

しかし、タバコを箱ごと被疑者に、進呈することは認められていない。ライターを、渡すこともできなかった。水木は箱を手にして、小田垣にタバコ一本だけをすすめる。震える指先で、小田垣はタバコを抜き取る。

「あまり、眠れなかったらしいですな」

水木警部補は、ライターの火を差し出した。

「どうも……」

小田垣は火をもらったあと、タバコの先端が一センチもオレンジ色に侵蝕《しんしょく》されるまで、煙《けむり》を吸いつづけた。

「その代わり、魘《うな》されることもなくすんだようだ」

　金属製でも重みのない灰皿を、水木は小田垣の前へ押し進めた。

「留置場で眠れなかったとか魘されたとか、そんなことまでいちいち報告があるんですかね」

　小田垣は目を細めて、大量の煙を吐き出した。

「先生に関することは、何から何まで耳にしています。襟裳岬の民宿・春の唄の経営者の話も、捜査報告書の中にあったのを読んでいますよ」

　両手で顎を支える格好で、水木警部補は頬杖を突いた。

「あの民宿の経営者までが、何か言っているんですか」

　小田垣はタバコの煙の中で、表情のない顔に戻っていた。

「先生が民宿に泊まって三日間は毎晩、夜中にひどく魘されていたそうですよ。ほかに客がなく静かでもあったので、先生がうなり声を上げたり叫んだりするのが、よく聞こえたという話でした。それで経営者と奥さんは、目を覚ましたらしいですね。先生はよっぽど、大きな声を出したんだ」

「魘されようと寝言を口走ろうと、こっちの勝手じゃないですか」

「四日目から、静かになったってことですが……」

「悪い夢を見たりすれば、誰だって魘されるでしょう」

「ですが、民宿の主人は先生の魘され方があまりにも激しいんで、これはどうもおかしいと怪しむようになったことから、新聞に載っている犯人の顔写真にそっくりだと気づいたんだそうですよ」

「魘されたからって、殺人と結びつける。まことにもって、単細胞ですね。バクテリアや菌類といった単細胞植物と、大して変わらないいんじゃないかな」

「いや、民宿の経営者は結果的に、なかなかの慧眼《けいがん》だったってことになりますよ」

「ひどく魘されるのは死者の亡霊を恐れてとか、あるいは良心の呵責《かしやく》に耐えかねてとか、そういう話はよくあるようですね。しかし、子どもだって高熱を発したら、魘されるんだってことを忘れてはいけません。あなたもわたしが魘されるってことに、こだわりを持っているようですが……」

「それほど、重大な関心はないですよ。魘されたからって、それが証拠になるわけじゃないんでね」

「そう。譫言《うわごと》なんて、絶対に物証にはなりません」

「そんなことより、先生のそのグレーのスーツのほうに、わたしはずっと興味がありますよ」

「スーツね。あなたは昨夜も、スーツのことを訊きたがっていたけど……」

「ええ。昨日は先生に、まんまと逃げられましたがね」

「べつにわたしは、逃げたりなんかしませんよ」

「じゃあ改めて、その点について尋ねます。これは取調べだから、そのつもりで……」

「つまり、尋問ですな」

「先生はそのスーツを、苫小牧のデパートで買いましたね」

「そうですよ」

「そのスーツが三万九千円、昨日しめていた赤系統のネクタイが四千円、ワイシャツが三千円、コートが五万円で、同じデパートの紳士用品売場で計九万六千円の買い物をしている」

「コートは、北海道だと気温が下がる日もあるだろうって急に思いついて、いわば衝動買いをしたんです」

「先生はもともと、グレー系統のスーツが好きじゃない。それで先生の東京の自宅には、グレー系統のスーツが一着もない」

「驚いたな。そんなことも、調べ上げているんですか」

「それなのにどうして先生は、苫小牧のデパートでわざわざ嫌いなグレーのスーツを買ったんです」

「調べが行き届いている割りには、このうえない愚問《ぐもん》だな。わたしは旅先で、スーツを買ったんですよ。いきなりデパートへ出向いて、背広をオーダーできますか。既製品を、買うしかないでしょう。既製品で問題になるのは、サイズです。わたしは、痩せていて身長があります。そういうわたしの身体《からだ》にぴったりのスーツとなると、何着もありはしません。好みより、サイズでしょう。わたしのサイズに合うのがグレーのスーツ一着だけだったら、趣味ではなかろうとそれを買うしかないじゃないですか」

小田垣は、一気にまくし立てた。

小田垣が、多弁になる。それは何かの危険信号だと、水木警部補も咄嗟《とっさ》に警戒する。

「なるほど、そういうことですか。では、苫小牧のデパートで九万六千円の買い物をした日時なんですが、これは十月十日の十一時すぎだったんですね」

水木警部補の脳裏を、ノートに書き込んだ文字が鮮明に流れていた。

「あの鉄格子は、何のためにあるんでしょうか」

とたんに小田垣は、背後の窓を指さした。

果たして小田垣は、はぐらかし戦術に転じたのであった。

5

ひとつしかない窓には、確かに鉄格子がはめ込まれている。

それを鉄格子と称するのが、正しいかどうかはわからない。だが、ほかに呼びようがなければ、鉄格子というほかはないだろう。ただし、何本かの鉄柱が味もそっけもなく、窓をふさいでいるという鉄格子とは違う。

窓は、南向きであった。佐賀中央署の正面と、同じ壁面となる。佐賀中央署の正面は、佐賀駅南口の大通りに接している。人と車の交通量が時間によっては、かなり多くなる大通りだった。

通行する人々がふと、警察の三階を見上げる。すると三階の東側の半分には鉄格子付きの窓がずらりと並んでいる、というのではどうしようもなかった。警察の建物はいかにも、殺伐としているという印象を与えることになる。

取調室の窓も、特別には小さくない。六畳の部屋にふさわしい大きさの窓なので、外から眺めればどうしても目につく。それに鉄格子らしい鉄格子がはまっていては、やはり警察の窓だという気持ちを人々に起こさせる。そのうえ、美観を損《そこ》ねることにもなる。

それで一本の円柱から左右に、植物の葉が十枚ばかり生えているような形が描かれていた。遠目には、蔦《つた》が絡《から》んだような飾りに見える。そんな鉄柱が何本か並んで、窓を封じているのだった。

窓ガラスは半分が上下に開くが、そこからの出入りはもちろんできない。そうした意味では、窓の鉄格子あるいは鉄柵《てつさく》ということになる。また取調室の窓に、そのようなものが取り付けられているのは当然のことであった。常識として、誰も珍しがったりはしないだろう。

「あれは、取調べ中の被疑者の逃亡を、防ぐためのものなんですか」

小田垣は、真顔で訊く。

五十五歳の大学教授が、わかりきったことを知りたがる演技に打ち込んでいる。そう思うと小田垣のおとぼけが、水木にはどうにも憎めない。むしろ小田垣が、哀れになってくる。

「ここは、三階ですからね。あんなものがなくたって、無事に逃げ出すことは不可能でしょう」

両手を後頭部にあてがって、水木はそっくり返った。

「それなら、どうして鉄格子があるんですか」

小田垣の目は、ケントの箱に注《そそ》がれていた。

「あれは被疑者の自殺を、防止するためのものです」

水木警部補は意識的に、はっきりとした答えを聞かせた。

「自殺……」

小田垣は、瞬間的に眉を曇らせた。

水木はそれを、小田垣の素直な反応と見た。小田垣は自殺と聞いて、微《かす》かながら動揺を来《きた》したのだ。自殺——。これに何か、小田垣は引っかかりがあるらしい。

「さあ先生、逃げないで……」

水木は両手で後頭部を支えたまま、首の運動でもするようにのけぞった。

「逃げちゃいませんよ」

小田垣は、乱暴にメガネをはずした。

「だったら、答えてもらいます」

小田垣もこれ以上のノラリクラリは難しかろうと、水木警部補は計算していた。

「デパートのレシートに、いろいろ記されていたってことでしたね」

小田垣にはようやく、答えるしかないということがわかったようだった。

「そうです」

小田垣が所持していたレシートの記載事項を、水木警部補は残らず頭に刻《きざ》み込んでいた。

苫小牧市の京屋《きようや》デパートのレシートは、『領収証』という文字から始まっていた。以下、次のように文字が続く。

毎度ありがとうございます。

デパート名。

電話番号。

０５＝１０＝１０（平成5年10月10日）。

Ｓｕｎ（日曜日）。

商品名と、その値段。

小計。

税金３％（消費税）。

合計。

預かり金。

釣り。

11：35ＴＩＭＥ（十一時三十五分）。

「レシートに間違いはないんだから、そのとおりなんでしょう」

ほんの少し間を置いてから、小田垣は目を閉じてうなずいた。

「十月十日の午前十一時三十五分に苫小牧の京屋デパートで、スーツ、ネクタイ、ワイシャツ、コートという買い物をすませて九万六千円を支払ったのは、間違いなく先生自身だったんですね」

小田垣が取調べにまともに応じたのはこれが初めてだと、水木警部補は妙なことに感心していた。

「そうですけど、それがどうかしたんですか」

小田垣は、目を開かずにいた。

「その前に、まずは十月九日の先生の足どりを、追ってみたいんですがね。十月九日は土曜日、悦也さんが殺害された日です。先生はこの日の午前九時七分に、ホテル・ニューグランド佐賀を出ていますね」

委細《いさい》構わず、水木は言葉を続けた。

「そうね」

薄目をあけた小田垣は、禅僧のような顔になっていた。

「このときの先生の服装はまだ、紺色のスーツ、白のワイシャツに水色系統のネクタイでしたね」

「そうね」

「それとアタッシェケースのほかに、洋傘つまり黒いコウモリ傘を持っていた」

「そうでしたっけね」

「先生は、辻《つじ》の堂《どう》というバス停を知っていますか」

「いや……」

「ホテル・ニューグランドのある与賀町《よかまち》から国道の大通りへ出て、百二十メートルばかり西に寄った十字路が、辻の堂と呼ばれているところです」

「その辻の堂とかいうのと、わたしが何か関係しているんですか」

「先生はその辻の堂で、空車のタクシーを停《と》めたんですよ」

「あなたにどうして、そんなことがわかるんです」

「先生らしい客を乗せたタクシーっていうのは、とっくに割り出してあるんですよ。佐賀タクシーで、運転手の名前は角田《つのだ》。角田運転手は十月九日の午前九時三十分に、辻の堂から先生らしい客を乗せています。紺色のスーツを着て、アタッシェケースとコウモリ傘を持った学者タイプの紳士と、角田運転手は記憶していました。それで、先生に間違いなしってことになった」

「辻の堂という地名は知らんけど、ホテルからそう遠くない交差点で、タクシーに乗ったことは事実ですね」

「行き先は、福岡空港でした」

「だったらもう、間違いなくわたしでしょう」

「佐賀から長崎自動車道へはいり、鳥栖《とす》経由の九州自動車道を太宰府《だざいふ》で出て、福岡空港についたのが午前十時四十五分と、これは角田運転手の話です」

「そうそう、そんな時間に福岡空港につきましたよ」

「そのあと、先生はどうしたんです」

「ANAのカウンターで、千歳行きの飛行機に乗れるかどうか訊きました。すると十一時三十分発の便に空席があるっていうことなんで、すぐに航空券を買いましたよ」

「十一時三十分発の全日空《ぜんにっくう》ですね。で、先生は偽名を使ったんでしょう」

「偽名……？」

「十一時三十分発の二七五便の旅客名簿ももちろん調べましたが、小田垣光秀という名前はありませんでしたよ。当然、偽名を使ったってことになりますね」

「そうか、あのときもそうだったんだな。わたしは北海道へ飛ぶとき、よく死んだ妻の旧姓を名乗るんですよ。北海道の女性だった妻の冥福《めいふく》を祈るっていう気持ちからなんですが……」

「今年の二月に亡くなった久子夫人、旧姓は白坂でしたね」

「そう。それでわたしは、白坂圭介《けいすけ》という名前を使うんですよ。圭介は土二つの圭と、紹介の介の字を書きます」

「圭介という名前には、何か意味があるんですか」

「わたしは、伊藤《いとう》圭介という江戸後期の植物学者を、少年時代から尊敬していましてね。それで伊藤圭介の圭介を、借りることにしているんです」

「このときも白坂圭介という名前で、全日空二七五便に乗った」

「ええ」

「もうひとつ先生は空港で、あることをやりましたね」

「何です」

「空港から嬉野温泉の神泉閣へ電話を入れて、予約をキャンセルしたんじゃないんですか」

「ああ、そのとおりです。空港から、キャンセルの電話をしました」

「それで白坂圭介さんは、空路を北海道へ向かう。千歳到着時間は十三時四十五分、午後一時四十五分ですね」

「そういう時間まで全部、暗記しているんですか」

「捜査の段階で、いやでも自然に覚えてしまうんです」

「すごいな」

「千歳空港から、苫小牧までタクシーを飛ばす」

「道央《どうおう》自動車道を走れば、千歳空港から苫小牧まで三十キロですものね」

「苫小牧市表町のホテル北界にチェックインしたのが、午後二時三十分となっています。先生がホテル北界を利用するのは三度目で、フロント係も先生の顔を覚えていたわけです」

「そのフロント係が、わたしの午後二時三十分のチェックインを証明しているんだから、アリバイは文句なしに完璧じゃないですか。それがどうです。わたしを犯人扱いにして……」

「ホテル北界に一泊した先生は翌朝、テレビの〝サンデーモーニングスーパー〟のニュースで悦也さんの事件を知ったと、自宅の家政婦さんに電話をかけている。その電話で先生は家政婦さんに、これからすぐに佐賀へ向かうとも告げている」

「そのとおりですよ」

「事実、先生はタクシーを呼んだうえ、午前九時にホテル北界を出発しました。先生が乗ったのは苫小牧第一交通のタクシーで、ドライバーは石川《いしかわ》運転手」

「そうでしたかね」

「石川運転手によると先生を乗せたのは千歳空港までで、空港についたのは午前九時五十分ごろということでした。しかし、先生は飛行機に乗るどころか、またしてもタクシーで苫小牧へ引き返しましたね」

「そうね」

「このときの千歳中央タクシーの河西《かさい》運転手からも、先生らしい客を空港から苫小牧の京屋デパートまで乗せたと、届け出がありましたよ」

「だったら、話は簡単だ」

「京屋デパートについたのが、午前十一時ごろ。先生はそれから三十分ほどの時間をかけてスーツ、ワイシャツ、ネクタイ、コートの買い物をすませると、十一時三十五分に支払いを終えてレシートを受け取っている。そうですね」

「ええ」

「その直後に、襟裳岬の民宿・春の唄へ電話を入れた。しばらく滞在したいという予約の電話でして、ほかに客も少ないことだしどうぞおいでくださいと、民宿の主人からはオーケーをもらった」

「京屋デパートの公衆電話を、使ったんですよ」

「先生は、襟裳岬へ向かう。このときの足は、列車だったんでしょうね」

「列車は休日運休ばかりで、あいにく日曜日だったんでこれには困りましたよ。しかたなく、静内《しずない》どまりの鈍行に乗りました。苫小牧を午後二時ちょっと前に出て、一時間半ぐらいで静内につく鈍行です。静内から先は、タクシーしかありません。タクシーに乗って襟裳岬の民宿まで、一時間と二十分で飛ばしてもらいました」

「経営者の話だと民宿・春の唄に先生が到着したのは、夕方の五時四十分ごろということですよ」

「そんなものだったでしょうね」

「以来、先生は襟裳岬の民宿に、七泊の滞在を続けた。そこで、われわれが重視している問題点というのを、はっきりさせますがね。ホテル北界はもとより民宿・春の唄に現われたときも、先生は紺色のスーツに水色系統のネクタイをして、手にはアタッシェケースとコウモリ傘を持っていた」

「ええ」

「ところが、民宿・春の唄に一泊したその翌日から、それまで先生が身につけていた紺のスーツをはじめ水色系統のネクタイ、それにコウモリ傘が消えてしまった」

「消えてしまったとは、おもしろい言い方だな」

「つまり十月十一日からの先生はずっと、苫小牧の京屋デパートで買ったグレーのスーツを着て赤のネクタイをしめている。そのことは、民宿・春の唄の主人の証言にもある。また捜査本部で所持品検査をしたときにも、紺のスーツ、水色のネクタイ、コウモリ傘は見当たらなかった。これはいったい、どうしてなんでしょう」

　水木警部補はやっとのことで、肝心な質問にたどりついたという気がした。

「捨てましたよ」

　小田垣は、あっさりと言ってのけた。

「どこに、捨てたんですか」

　水木はすかさず、小田垣の胸元に飛び込んだ。

「襟裳岬の突端の東側の海に、スーツとネクタイを詰め込んだビニール袋に、コウモリ傘を結びつけて投げ捨てました」

　手応えも感じさせずに、小田垣はやんわりと一歩退く。

「襟裳岬から海へ捨てたっていうのは、スーツもコウモリ傘ももう永久に見つからないってことですか」

証拠を湮滅《いんめつ》されたという敗北感を、水木警部補は覚えていた。

「そうでしょうねえ。エリモは老大岬とかネズミ岬とかの意味のアイヌ語で、古生層の砂岩やホルンフェルスの岩石などでできている高さ二百二十メートルの段丘《だんきゅう》が、高山植物に覆《おお》われるという巨大な岬こそ襟裳岬。断崖《だんがい》の下には太平洋の荒波が打ち寄せて、速い潮流が岩礁《がんしょう》に砕け散っている。そこへ投げ込まれたスーツやコウモリ傘が、二度と人目につかないのは当然でしょう。消滅ですよ」

小田垣はみずからに関係のないことを、無責任に論評するような口調であった。

遠くを眺めるように、放心した目つきである。湮滅された証拠は無だからと、小田垣は悠然《ゆうぜん》と構えている。あるいは警察に勝ったという自信を、小田垣は深めている。小田垣の表情のない顔からは、そのいずれとも判別しかねるようだった。

「警部補、トイレに行きます」

御子柴刑事が、立ち上がった。

「はい」

振り返らずに、水木はうなずいた。

6

御子柴刑事は、取調室を出ていった。

いかにも、いままで我慢していたのだといわんばかりに身体を小刻みに揺すりながら、御子柴はドアの外へ消える。

御子柴の場合は、そうした滑稽《こっけい》な演技が堂に入《い》っていた。三枚目をもって任じる御子柴だけに、巧みにふざけるのである。

水木は御子柴を、二枚目半だと思っている。御子柴は見ようによっては、なかなかの二枚目であった。だが、御子柴にはまったく、いい男ぶるところがない。

常に百面相のように、いろいろな顔を作ることを得意としている。それをまた誰の前だろうと、平気でやるのである。たとえば、気絶するときのように白目をむく。

両眼の黒目を真ん中に寄せて、長い舌をベロリと出す。鼻の穴をふくらませて、左右にピクピクと動かす。思いきり鼻の下を伸ばして、ウインクを繰り返す。

絶えず、そんなふうにする。それに耳を動かすのも、御子柴の特技だった。そんな剽《ひょう》軽《きん》さが、いつしか彼の地《じ》となっていた。だから取って付けたような悪ふざけと違い、御子柴の滑稽みは自然で人間的なものを感じさせる。

そのせいか御子柴は、被疑者に不安を与えない。それが彼の人徳ともいえたし、利点にもなっている。水木警部補もその点を評価して、取調べの補助官に御子柴を選ぶことにしていた。

それだけ軽視されているといっては御子柴に気の毒だが、彼と一緒だと被疑者たちは安心しきってしまう。御子柴の言動には、警戒心を働かせない。

いま取調室を出ていったのが御子柴でなければ、何か企《たくら》んでいるのかもしれないと被疑者は本能的に嗅《か》ぎ取る。トイレへ行くとわざわざ断わるのは、何となくおかしいと神経を尖《とが》らす。

しかし、小田垣教授は御子柴が消えたことを、気にもかけていない。御子柴の存在などどうでもいいというのではなく、彼は間違いなくトイレに出向いたのだと信じているのだ。

もちろん御子柴が声に出して、トイレへ行くことを告げたりするはずはない。『トイレに行きます』というのは、水木に送った暗号であった。

暗号の意味は、『連絡に行きます』ということである。御子柴はトイレではなく、署長室へ赴《おもむ》いたのだ。捜査本部長と捜査一課長に、小田垣の供述を報告する。それについて裏捜査が必要となれば、待機中の捜査員たちが直ちに飛び出していく。

小田垣は十月九日、福岡発十一時三十分の千歳行き全日空二七五便に乗ったとのことです。

小田垣は、白坂圭介という変名を用いたとのことです。

小田垣は十月十日の午前十一時ごろから、苫小牧の京屋デパートでみずから買い物したことを認めました。

小田垣は苫小牧から静内まで日高本線の鈍行に乗り、静内から襟裳岬の民宿まではタクシーを利用したそうです。

小田垣はそれまで着ていた紺のスーツ、水色のネクタイをビニール袋に詰め、それにコウモリ傘も結びつけ、襟裳岬の突端の東側の海へ投げ捨てたそうです。

小田垣は、それらはこの世から消滅したのも変わらないと嘯《うそぶ》いております。

御子柴はこういった点を、本部長と捜査一課長に伝えたはずである。どれも、裏付けが必要なことばかりだった。関係方面に問い合わせたり、連絡を入れたりしなければならない。それに加えて、裏捜査に担当刑事が乗り出す。

こうした連絡係の役目が、取調べの補助官の重要な任務なのであった。

一方の水木警部補は御子柴刑事が戻ってくるまで、具体的な取調べを中断して待つことになる。被疑者との肝心なやりとりは、補助官にも聞かせなければならないからだった。

ただし、黙っているわけにはいかないので、雑談を交わす。

「どうです。取調室ってのは、静かで平和なもんでしょう」

どうでもいいようなお喋りに、水木は小田垣教授を誘う。

「確かにドラマの世界とは、だいぶ違うようですね。荒っぽい刑事なんて、あまりいないようだし……。それに、ドラマと推理小説が遅れているっていう昨夜のご高説は、興味深かったですねえ」

取調べから逸脱した話になると、小田垣教授はたちまち乗ってくる。

「それは、事実でしてね。たとえば警察の主役は誰かってことになると、よく理解できると思いますよ」

水木は二本目のタバコを、小田垣教授にすすめた。

「警察の主役ですか」

小田垣の指先は焦りのせいか、タバコを一本だけ摘《つま》むのに手間取った。

「テレビドラマや推理小説に登場する刑事となると、聞き込みに歩き回ったり、手がかりを追い求めたり、遠くまで事件関係者に会いに行ったりする捜査員が、いまだに主役という感じがしませんか」

「それは、やっぱりそうでしょうね。感じがするっていうより、そのように描かれていますよ」

「ドラマや小説の刑事となると、だいたい七人ぐらいで殺人事件を受け持つでしょう。それで、とにかくあちこちを駆け回って、犯人割り出しに持ち込むんですよね」

「ええ」

「もう、かなりむかしのことになりますが、〝七人の刑事〟というテレビドラマがありましたね」

「ありました」

「どうもドラマや小説は現在もなお、あの〝七人の刑事〟を基本として踏襲しているような気がします」

「七人の捜査員が、主役になっているってことですかな」

「だいたい七人の捜査員で殺人を担当するなんて、むかしからありえなかったんですがね」

「むかしだって捜査本部には、三十人ぐらいの刑事が集められたんでしょう」

「いまでは殺人事件となると、百人態勢というのが普通です。事件によっては、百五十人態勢で取り組みます。組織捜査です」

「百五十人では、個人捜査などありえない」

「この悦也さんの殺害事件にも、われわれは百人態勢で臨んでいますからね」

「それで手があいたり、遊んじゃったりする捜査員はいないんですか」

「そういうことはありません。細かく分業化されて、それぞれが専門分野を任されますからね。たとえば犯人の指紋を責任分担した捜査員は、徹底して指紋だけを追うことになります」

「分業化ですか」

「といったわけで、殺人事件を捜査する刑事には、主役なんていないんです。ところが、ドラマや小説では数人の刑事が主役になりきっていて、何から何まで引き受けるスーパーマンなんですよ」

「百人の捜査員じゃなくて七人の刑事しかいないから、そういうことになっちゃうんでしょう」

「ドラマでは聞き込みや張り込みを引き受けていた刑事が、いきなり被疑者の取調べに加わったりするんだから大変です。取調べはその道のエキスパートが、それ専門に分担を任せられるんですがね」

「あなたが、そうなんでしょう」

「取調べは、その道一筋の取調官の受け持ちです。それが、現実の捜査ってもんなんですよ。だから実際には、取調べが捜査の中心になります。取調べの結果によって、大量の刑事が裏捜査に動き、事件の核心に迫るんですからね」

「じつは取調官が、捜査の主人公であり花形でもある」

「花形なんてものじゃなく逆に地味な存在ですが、取調べを任せられた刑事の責任は非常に重大です。なにしろ捜査のすべてが、取調べに懸《か》かっているんだから……」

「ほんとに、そういうことは世間一般に知られていませんね」

「推理小説にしても、そうでしょう。取調べを主体にした推理小説っていうのは、まだ読んだことがありませんよ」

「うん」

「推理小説となるとどれもこれも、聞き込みや犯人割り出しに動き回る刑事を主人公にしています」

「とくに日本の推理小説は、そのワンパターンの繰り返しだ。これは人物に動きがないと、ストーリーが平板になるからじゃないんですか」

「いや、たったの三坪しかない取調室という小さな世界で、取調官と被疑者の必死の攻防が繰り広げられるんですよ。迫力満点だし、ドラマチックでもあるはずです」

「舞台が六畳の室内に限られているんでは、筆力のない作家によれば単調にならざるをえませんよ」

「やっぱり推理小説が、時代から遅れているんでしょう。小説家がいまの警察を、知らなすぎるんです。被疑者を割り出して逮捕して犯行を自供させれば、それで勝負がついたというのが推理小説の終わり方でしょう。しかし、いまの時代はそれで事件解決、ということにはならないんですよ。公判で、引っくり返されるかもしれません。したがって、被疑者から犯行を裏付ける物証とともに自供を引き出す、という取調べの段階での葛藤《かっとう》が最重要視されて、完璧な解決へ持ち込まれるまでの描写がなければ推理小説としておもしろくないですね」

御子柴が取調室へはいってくる物音を、水木警部補は背中で聞いた。

「いまここで、演じられているような葛藤でしょう。そこまで描かれていれば、推理小説として確かにおもしろい。ところがまた現実となると、推理小説のようにはいかないってこともお忘れなく」

指先が焼けそうに短くなったタバコを、小田垣は灰皿にこすりつけた。

「教授の場合と推理小説が一緒にならないってことは、もちろん承知していますよ」

水木警部補は、背後の御子柴刑事を見やった。

「わたしは犯罪に、いっさいかかわりがない。わたしは無実の罪で、被疑者の扱いを受けている。わたしには、絶対的なアリバイがある。わたしの供述から、物証を引き出せるなんて考えるのも馬鹿らしい。と、この四点が推理小説とは、まったく違うところでしょうねえ」

小田垣教授のメガネの奥で、笑わない目が虚《うつ》ろに静止していた。

「大事な物証のひとつを、消されてしまいましたしね」

「何ですか、大事な物証とは……」

「先生が着ていた紺のスーツ、しめていた水色のネクタイに決まっているでしょう」

「スーツとネクタイが、どうして大事な物証になるんです」

「致命的な物証となる恐れがあったから、教授だって早々にスーツとネクタイを処分したんじゃないですか。それも海へ投げ込んで、永久に消してしまうというやり方でね」

「スーツとネクタイが、致命的な物証になる。まるでスーツとネクタイが、事件と結びつくみたいな話だ」

「当然です。教授のスーツとネクタイには、悦也さんの血が付着していたんですよ。見たところは目立たないので、スーツを着てネクタイをしめていても、直ちに差し支えるということはなかった。しかし、スーツとネクタイが証拠品として警察に押収《おうしゅう》されれば、たちまち悦也さんの血液反応が検出される。それを恐れて先生は、スーツにネクタイという重要な物証を湮滅した」

　御子柴も聞いているということで、水木警部補は取調べを再開したのであった。

　水木としては、元の軌道に戻すという軽い気持ちだったのだ。だが、水木は意外な反撃に、面喰《めんく》らうことになった。

「冗談じゃない！」

　小田垣教授が初めて、怒声を発したのであった。

7

　被疑者が感情的になったために、思わぬ効果を招くということは決して少なくない。それで意識的に被疑者を怒らせる、という取調官のテクニックもあるのだ。

また、いまのように取調官が予期していないにもかかわらず、突如として被疑者のほうが感情をむき出しにすることがあった。そのいずれにしても、被疑者が感情的になることで、それまでの心の姿勢を崩すという例は多い。

そうしたわけで小田垣教授が大きな声を出したことに、水木警部補はある種の期待感を抱く。被疑者が怒鳴ったりするのは、痛いところをつかれて狼狽《ろうばい》したからであった。

しかし、小田垣のようなタイプは狼狽したことに狼狽し、あわてて自制に努めるはずだと水木は思っている。そのとおり、小田垣はあわてて苦笑を浮かべた。

頭にきたのとは違うと印象づけるために、弁明の笑いを漂わせる。そうでなければ、本気で怒ったのではないという誤魔化しの笑いであった。

だが、いったん怒声を発してしまえば、もう取り返しはつかない。小田垣教授はみずから証拠湮滅を目的に、スーツとネクタイを処分したと認めたようなものだった。

「わたしも、冗談なんか言っちゃいませんよ」

水木警部補は、穏やかな口調を変えなかった。

「わたしは悲しくなってしまって、つい冗談じゃないぞっていう気持ちが強まったようです」

小田垣教授は、そのように弁解した。

「なぜ、悲しくなったんです」

水木は椅子の背にもたれて、両手をズボンのポケットに差し入れた。

小田垣はどうも、珍妙な理屈をこねそうであった。およそ通用しないような話でも、まことしやかに聞かせる被疑者が、たまにいるものである。断わるまでもなく作り話なのだが、それに当人の演技も加わる。

想像力が豊かで、その場の思いつきでストーリーを作り上げる。やはり小田垣のような、インテリの被疑者に多い。

「わたしの行動はすべて不自然で非常識で唐突で、矛盾だらけというふうに決めつけられている。わたしの人間としての心の痛み、父親としての苦悩は、いっさい理解してもらえない。それが、わたしは何のためにこの世に存在するのかという悲しみになるんです」

小田垣教授は、暗い顔になって肩を落とした。

文学的な表現を用いたがるのは、そのほうがまことしやかに聞こえると思っているからである。どこか哲学じみたことを言うが、作り話としてはお粗末なのが普通だった。

「先生の行動は万人の目から見て、不自然で非常識で矛盾だらけなんだから、どうにもしかたないでしょう」

「そういう単純な見方が、わたしを悲しくさせるんです。平凡な生活をしている常識家には、どうしてそんな目しか与えられていないんでしょうね。人間の心とは、もっともっと深いものですよ」

「いったい何が、もっと複雑な問題になるんです」

「わたしは今度の旅行で、救われようのないショックを受けましたよ。死んだほうがマシだと思うくらい、情けない息子の姿を見せつけられたんです」

「息子さんが、何をしたんですか」

「母親の墓参をいやがる悦也でしたが、何とか半分まで説得して無理やり佐賀まで連れてきました。ところが佐賀のホテルに一泊した翌朝、悦也はどうしても西玄寺へ行かないって言い出したんです。電話では埒《らち》が明かないので、わたしは五一二号室へ押しかけていって悦也を誘いましたよ」

「それで……？」

「悦也は頑《がん》として、わたしの言うことを聞きませんでした。お墓参りは三十分ですむんだし、そのあと吉野ヶ里の遺跡を見学して嬉野温泉へ行くっていうスケジュールもあるんだからと、わたしが何回となく言い聞かせたのも無駄だったんです。おやじはおやじの好きなようにしてくれって、悦也はベッドへもぐり込んでしまいましたよ」

「お墓参りに行かないというのは、どんな理由があってのことなんです」

「それが……」

「理由が、あったんですね」

「眠いから、いやだって……」

「眠いからですか」

「わたしは、衝撃に打ちのめされましたね。眠いからという理由で、目と鼻の先にある母親の墓に参ることを拒否する。いくら普通の神経は持ち合わせない近ごろの若者だろうと、これじゃあ人間といえませんよ。それが自分の子どもであるだけに、わたしは情けなくて心が空《から》っぽになりました」

「それで、先生はどうしたんですか」

「毛布をかぶって動かずにいる悦也を見て、愛想が尽きたというか急速に胸のうちが冷えましたよ。こんな息子のことはどうでもいいと、わたしは諦《あきら》めて五一二号室を出ました。わたしは親子の縁を切ってもいいと考えながら、どこか遠くへ行ってしまいたいという気持ちになりましてね」

「まもなく先生ひとりで、ホテルをチェックアウトしたんですか」

「そうです。人間とは不思議なもので、少しも情を感じなくなった悦也に対して、わたしは赤の他人以上に冷淡になっていました。そのためにあんなやつの勘定まで持ってやる必要はないと、わたしは自分の支払いだけをすませようとしましたよ。結局はフロント係の要請《ようせい》で、悦也の分も支払うことになりましたがね」

「ホテルを出てから、教授はどこへ向かったんです」

「西玄寺です」

「歩いてですか」

「そうですよ」

「ホテルの前に何台かのタクシーが並んでいたけど、先生はそれに乗らなかったと、これはホテルのドアボーイの話です」

「ホテルから西玄寺までなら、歩いて行けますよ」

「西玄寺まで行き、先生ひとりでお墓参りをしたんですか」

「いや、西玄寺の近くまで行って、わたしは考え直しました。そんな気持ちで墓参りしたんでは、かえって前妻の霊も迷惑するだろうってね」

「七年前に亡くなった静香夫人ですか」

「静香に申し訳ない、合わせる顔がない。これだったら、日を改めて出直したほうがいい。そう思って西玄寺から、逆の方向へ引き返したんです。そうしたら大通りへ出て、辻の堂っていうんですか、あの交差点でタクシーに乗ることになりました」

「そのまま、福岡空港へ……」

「当然のことですが、ひとりで吉野ヶ里や嬉野温泉へ行く気にはなれませんでしたよ。どこか遠いところへ行きたいという気持ちが、ますます強くなっていましたしね」

「遠いところとなると、やっぱり北海道ですか」

「わたしは特別、北海道というところに親しみを感じているからでしょう」

「久子夫人との思い出もあるし……」

「それ以前から北海道へは、高山植物の観察によく足を運んでいたんですよ」

「それで、北海道へ飛んだ」

「苫小牧に二度ばかり泊まったことのあるのを思い出して、とりあえず苫小牧へ向かいました」

「苫小牧には、久子夫人の実家がありますね。しかし、先生は亡くなった久子夫人の実家に、顔を出すこともなかった」

「いまさら白坂家にお邪魔しても、お互いに気遣いで疲れるだけですからね」

「とにかく、先生はホテル北界に投宿した。そして翌朝、テレビのニュースを見て悦也さんが殺害されたことを初めて知ったと、先生の話によるといちおうそういった次第になっているんですが……」

「わたしは、驚きました。驚きはしましたけど、取り乱したりはしなかった。悦也がこの世を去ったということに、わたしは妙に醒めた視点を置いていた。わが子どころか、肉親が死んだという気もしなかった」

「だけど、佐賀へ戻らなければならないとは、思ったんですか」

「一種の責任感から、わたしには行かなければならない義務があると思った。しかし、行きたくはなかった。正直な話、悦也の死に顔を見てもしかたがないと、わたしの心が叫びつづけていた。悦也は、人間性を失っている。植物以下の生物で、わたしの研究の対象にもならないバクテリアみたいなものだ。親子の縁も切ったし、愛想尽かしをした赤の他人と変わらない。わたしになぜ、責任や義務があるのだ。線香を上げる価値もない悦也なら、このまま知らん顔でいてもいいのではないか。と、わたしは千歳空港へ向かうタクシーの中で、ずっと考えつづけた」

「先生は悦也さんのことを、すっかり嫌いになっていたのと違いますか」

「そうかもしれない。わたしは悦也のありとあらゆる反抗と敵対行為に、何年間もひたすら耐えてきましたからね。悦也との親子の絆《きずな》なんてものは、とっくに切れていたんだとも考えられます」

「それで千歳空港についたとき、先生の意思は決まったんですか」

「悦也との縁を絶って、せっかく遠いところまで来たんだ。悦也が死んだからといって、そばへ戻ってやることは矛盾している。この際、世俗的な慣習、常識、制約は無視してかまわない。わたしも世の中を捨てれば、それでいいんだって心が決まりましたよ」

「世の中を、捨てるとは……」

「わたし自身も、元の生活には還《かえ》れないってことです。今後どうするべきかを、じっくり考えるのが先決だ。それが、わたしの結論でした」

小田垣教授は、唇を震わせた。

真っ赤になった目から、涙があふれそうになっている。それが小田垣の演技であるかどうかは、水木警部補にも見抜けない。ただ自己暗示にかかっている人間は感極まれば、演技のつもりなくして自然に泣けるということを、水木警部補は経験から知っていた。

「じっくり考える場所として、襟裳岬を選んだんですか」

小田垣の頰をとめどなく流れる涙の量に、水木警部補は何となく圧倒されていた。

「わたしは五年前に襟裳岬で、初めて久子と知り合いましてね」

鼻がつまっての息を、小田垣は口から吐き出した。

「その襟裳岬から、スーツとネクタイとコウモリ傘を海へ投げ込んだのは、どうしてなんですか」

水木警部補は振り向いて、御子柴刑事と視線を絡ませた。

御子柴刑事は、被疑者の供述の筆記を中断していた。御子柴刑事は、小田垣の顔を見守っている。さすがに、三枚目の百面相はなかった。水木警部補と御子柴刑事は静寂の中で、小田垣教授という被疑者の答えを待った。

第三章　アリバイ突破

1

小田垣教授は、黙り込んでいる。即席のストーリーを、頭の中でまとめているのかもしれない。しかし、こういうときは喋ることを促《うなが》したり、急《せ》かしたりしてはならなかった。被疑者のほうが進んで供述するのを、辛抱《しんぼう》強く待つことになる。

水木警部補は、小田垣の表情だけを見つめる。御子柴刑事は、ペンのキャップを齧《かじ》っている。取調室の窓を、秋の雨が叩いていた。あまり速い流れ方ではないが、水滴が窓ガラスを伝わっておちる。

小田垣教授が、チラッと水木を見やる。だが、何も言わずに、再び目を伏せる。小田垣の眼球は、さっきより充血している。表面張力のように涙が膨張していても、真っ赤な目が痛そうだった。

息子の悦也と絶縁して、北海道へやってきた。すでに縁もゆかりもない悦也が、死のうと生きようと知ったことではない。自分も世の中を捨てるのであれば、世俗的な慣習や常識を無視してもいいだろう。

そのように判断して、自分は佐賀へ引き返すことを思いとどまった。そして今後のことをじっくり考えるために、二度目の妻との思い出の地である襟裳岬へ向かった。その翌日にはスーツとネクタイとコウモリ傘を、襟裳岬の断崖のうえから海中に投げ込んだ——。

こうした小田垣の供述を、水木警部補は頭の片隅で反芻《はんすう》した。わかったような、わからないような話である。いや、筋が通らない。筋書のない映画か前衛絵画を、見せつけられているのと変わらない。

一般人には、理解できない異常心理か、作り話ということになる。しかし、残念ながらその両方とも、警察には通用しない。警察は、真実として認めない。いわば無駄な抵抗になると、水木警部補は左目尻のホクロを指先で押した。

「どういう話でしたっけね」

不意に小田垣光秀が、ベソをかいたような顔を上げた。

正気とは思えないようなとぼけ方をすると水木はあきれたが、腹立たしさや不快感を示すようなことは許されない。

「先生はどうして、スーツとネクタイとコウモリ傘を襟裳岬から、海の中へ捨てたのかという質問ですよ」

水木はホクロのうえに、指の先で小さな円を描いた。

「そうでした、そうでしたね」

小田垣はうなずきながら、手の甲で涙をふき取った。

「それで、答えはどうなんですか」

「身代わりです」

「身代わり……？」

「わたしの身代わりってことですよ」

「スーツやネクタイが、先生の身代わりなんですか」

「スーツもネクタイもコウモリ傘も、わたしの代わりに海へ飛び込んで自殺を遂げました」

「だから、先生の身代わりになったってことですかね」

「刑事さん。わたしも世の中を捨てなければならないって、言ったでしょう」

「ええ」

「世の中を捨てるってことには、二つの意味があるのをご存じですか」

「教えてもらいましょう」

「ひとつは自殺して、あの世へ旅立つことですよ」

「それは、わかります」

「もうひとつは、浮世との縁を絶って世捨人《よすてびと》になるんです。しかし、わたしに自殺するつもりはないし、まだまだ生きていて高山植物の研究を続けたい。そうなるとわたしには、世捨人になるしか道がないでしょう」

「そこで訊きたいんですが、世の中を捨てるとか世捨人になるとか、元の生活に戻れないとかいうのはなぜなんですか」

「考えてみてください。わたしは実の息子の死に顔を見ようともせず、冥福を祈って線香の一本も供《そな》えず、身元確認に飛んでも行かなかった父親です。そういう父親は鬼のように冷酷無比、ひとでなし、異常者、悪魔、非道と世の中から糾弾《きゅうだん》されます」

「まあ、そうでしょうね」

「世間はもう、わたしを相手にしてくれませんよ。誰もそばに寄ってこない、口もきかない、白眼視される。わたしの講義など、聞きたがる学生はいません。大学は、わたしを追放します。家の外へも出られないし、スーパーではパンのひときれだって売ってくれないでしょう。わたしには住める世間も、生きていられる世の中もなくなります」

「それで、世捨人になるほかはないってことですか」

「無人の山中に隠棲《いんせい》して、わたしを知らない人ばかりがいる村で食べるものを仕入れて、高山植物を友に余生を送る。こういう世捨人になろうと、わたしは漠然と考えつくことになったんです」

「現代の仙人ですね」

「しかし、そのためにはどうすればいいのか、具体的なことはわたしにわからない。東京の家と土地を売って隠遁《いんとん》生活の資金を作るべきか、隠棲する山中はやはり北海道がいいだろうと、迷うことばかりでしょう」

「それで先生は今後どうするべきかを、襟裳岬でじっくりと考えてみようと思い立った。そのために先生は苫小牧から襟裳岬へ向かい、民宿・春の唄に滞在することにした」

「きっと二度目の妻の久子の霊が、わたしを襟裳岬へ導いたんでしょうような。襟裳岬へ行けばいい考えが浮かぶって、わたしには希望が湧きましたからね」

「苫小牧の京屋デパートでコート、スーツ、ネクタイ、ワイシャツを買い込んだのも、単なる思いつきからですか」

「コートは北海道の気温を考えてと、言ったはずですよ。スーツとネクタイとワイシャツは、新しいものを着たいと思ってのことです」

「ワイシャツだけは、それまで着ていたものをそのまま着ていますね」

「ワイシャツは、二枚ぐらいあったほうがいいでしょう」

「下着も、そうなんじゃないですか。下着こそ二、三枚は、着替えを用意するのが常識ですよ。ところが先生は下着類に限って、一枚も買っていない」

「下着は自分で洗うのが、わたしの習慣でね。だから下着は、一枚あれば十分なんですよ」

「スーツだったら、クリーニングに出すでしょう。自分で洗濯したり、使い捨てにしたりすることはありません。それにもかかわらず先生は、二着あっても二本あってもいいはずのスーツとネクタイを、使い捨てにして海へ投げ込んだ。しかも、お宅の家政婦の話によると先生が着ていた紺色のスーツは、イギリス製の生地でオーダーメードという高級品だそうですね。その高級品を先生は、惜しげもなく捨ててしまった」

「わたしはね、襟裳岬でいったん自殺したんですよ。そして、生き返った人間なんです。小田垣光秀はこの世から消滅して、名もない世捨人として蘇《よみがえ》ったんだ。ただ、わたしには自殺する勇気がない。それで馬鹿げた形式主義と笑われるかもしれないが、自殺するわたしの身代わりとしてスーツとネクタイとコウモリ傘を海へ投げたんです」

またもや小田垣の両眼から、絶えることなく涙があふれ出た。

「そこまで自殺という形式にこだわるならば、ワイシャツも一緒に捨てたってよかったんじゃないんですか。ですが先生は着っぱなしのワイシャツと、買ったばかりのワイシャツの両方を温存していましたね」

水木は御子柴刑事のほうを、見ようともしないで左手を差し出した。

何か言われなくても、御子柴にはその意味がわかる。御子柴はティッシュペーパーを、箱ごと水木に手渡した。水木はそれを、小田垣の前に置く。

「ワイシャツは、ただ忘れたのにすぎませんよ」

小田垣は三、四枚のティッシュペーパーを、箱から引っ張り出した。

「先生、疲れるだけです。素直に真実を、打ち明けてくれませんか」

水木は箱の底を弾いて、一本のタバコの頭を突き出させた。

「あんたには、どうしてもわかってもらえないんですかね。刑事さんは、絶対に信じないのかね」

涙をふいたティッシュペーパーを、小田垣はまるめて握りしめた。

「わたしのほかにだって、いまの先生の話を信ずる人間はいませんよ」

水木はタバコを、小田垣の鼻先に近づけた。

「信ずる人間は、いくらでもいる。少なくとも教養と知性があって、人間の精神構造や深層心理を理解できる知識人ならば、信じるしわかってもくれる」

水木のタバコを持った手を、小田垣光秀は押しのけるようにした。

指先が震えるほど欲しいだろうに、小田垣はタバコを受け取ることを拒否したのだ。怒りを強調するか、タバコを吸う余裕がないかである。いずれにしても、小田垣の感情は沸騰している。

「わたしは、先生のような知識人じゃありませんからね」

水木は、タバコの箱を引っ込めた。

「だったら、もっと知識人でもあり教養人でもある取調官と交替してくれたまえ」

小田垣は、両手でデスクを叩いた。

「それは、許されません。先生を取り調べるのは、わたしが最後まで担当します。ひとりの被疑者とはひとりの取調官が心中する、という規定になっているんです」

水木は、タバコを銜《くわ》えた。

水木に喫煙の習慣はないので、もちろんタバコに火をつけることはない。

「あんたには、どうしてわからないんだ。世間から逃れて世捨人になる五十男の悲壮感、せつせつたる思い、断崖のうえに立つ孤影の絶望感が、あんたにはまるで通じないのかね。あんたにだって、子どもがいるんだろうが……」

小田垣光秀は、ティッシュペーパーで洟《はな》をかんだ。

「子どもは、二人います」

水木は、タバコを三つに折って灰皿に捨てた。

「それなら、あんただって木石漢《ぼくせきかん》じゃない。人間の孤独も悲哀も、悲劇に直面したときの心情も理解できるはずだ」

洟をかんだティッシュペーパーも、小田垣は同じようにまるめて握りしめた。

「常識の範囲内でしたら、もちろん理解できますよ」

水木はケントの箱を、デスクの真ん中に置いた。

「小田垣光秀は一度死んで、別人として生き返りたかった。そのためにわたしは自分の身代わりに、スーツとネクタイとコウモリ傘を海へ投げ落とした。こういうわたしの心理状態と行為を、是非とも理解してほしい。頼むから、わかってもらいたい」

小田垣はケントの箱を、デスクの端まで払いのけた。

「さあねえ」

水木警部補は、鋭い目を小田垣教授へ向けた。

小田垣は、必死の面持ちでいる。真摯《しんし》な眼差しは一見、偽りのないひたむきさを感じさせる。だが、ここが正念場というときの被疑者は、プロの俳優も足もとに及ばない迫真の名演技を披露する。

だが、被疑者の表情、目つき、仕草などで判断してはならない。あくまで被疑者の主張や弁明に筋道が通っているか、辻褄《つじつま》が合うか、矛盾はないか、うなずける点があるか、といったことによって真偽を見極める。

「頼みます、このとおりです」

小田垣は両手を突いて、デスクのうえに白髪を垂らした。

「残念ですが先生、いまのような話を真《ま》に受ける刑事は世界じゅうを捜したって、ひとりもおらんでしょうな」

貧乏揺すりのように腰を動かして、水木警部補はギシギシと椅子を軋《きし》らせた。

「あんたも、信じてくれませんか」

小田垣の涙が落ちて、デスクの表面にいくつもの水滴を散らした。

「先生の説明は文学的すぎて、われわれには御伽噺《おとぎばなし》みたいに聞こえるんですよ」

水木はネクタイを抜き取って、ワイシャツのボタンをひとつだけはずした。

「これほど頼んでも、駄目ですか」

小田垣は、涙に濡れたメガネをはずした。

「警察は頼まれたからって、承知するところじゃありませんよ」

ティッシュペーパーの箱を、水木は御子柴刑事に返した。

「あなたは何が何でもわたしが襟裳岬で、証拠の湮滅を図ったということにしたいんですね」

小田垣は、ゆっくりと上体を起こした。

「それが、事実だと思われるからです。ワイシャツを除いた先生の紺色の背広とズボン、それにネクタイとコウモリ傘の一部に、悦也さんの血液が付着していた。先生はたぶんそのことに千歳空港から二度目に乗ったタクシーの中で、気づいたんでしょうね。それで苫小牧の京屋デパートへ直行して、新しいスーツやネクタイなどを買い込んだ。そうなればあとは、血液が付着した重要な物的証拠を処分するだけです。先生は物証となるスーツ、ネクタイ、コウモリ傘を襟裳岬から荒海へ投げ捨てた」

水木の貧乏揺すりが、左の膝《ひざ》に移っていた。

「そうか、やっぱりそうか」

言葉遣いを変えて、小田垣は椅子の背にもたれた。

「先生の話とは、だいぶ違いますがね」

水木は心持ち、顔を突き出すようにしていた。

とたんに水木は、びっくりするような大声を聞くことになった。水木は目を見はったし、御子柴刑事も腰を浮かせたほどだった。

「わからんやつとは、もう何も話し合いたくない！」

小田垣光秀が、そう怒声を発したのである。

2

感情を抑えきれずに怒号するのを『雷を落とす』というが、まさに窓ガラスがビリビリするような大声であった。大学教授でもこんなふうに、怒鳴るときがあるのかと思いたくなる。

全身から発したにしろ、かなりの声量である。小田垣光秀に関する資料に、高校時代に剣道四段になったとあったから、その影響がいまだに活《い》きているのかもしれない。

取調室で取調官を怒鳴りつける被疑者というのは、あまり大勢いるものではない。覚醒剤の使用者、前科五、六犯以上の凶悪犯罪者、興奮すると前後の見境がつかなくなる逆上型、被害者をいまも許せないと怒り狂う凶暴な男女と、例外にしても少なかった。

小田垣のようなインテリになると、取調室で暴れたり取調官に食ってかかったりというのは、聞いたことも見たこともない。それだけに、小田垣の怒声には驚かされた。

しかし、小田垣にしても凄《すさ》まじい声ほど、本気で激怒しているわけではない。自分の主張がどうしても受け入れられないことの焦燥感《しょうそうかん》と、立場が不利になりそうだという不安が、小田垣を絶叫へと誘ったのだ。

それに、これ以上の後退は許されないし、次の防衛線を死守しよう、という小田垣自身への励ましもある。小田垣は大声を上げて、みずからに活を入れたのにちがいない。

同時に小田垣はそれなりの策を立てただろうし、水木と対決するためにいっそう覚悟を固めたはずであった。それは水木に、頭を抱えさせることになる。

その点に気づいて、水木はしまったと思った。まずいことになった、取調べにブレーキがかかると、水木は胸のうちで舌打ちをした。だが、すでに後の祭りである。

1　被疑者を怒らせてはならない。

2 被疑者を反抗的な気持ちにさせない。

3 被疑者に性急に自供を迫らない。

4 被疑者と個人的な親近感を通じて話し合う。

5 被疑者にも一般的な生活があることを忘れない。

6 勝負に出る時間は、夕暮れから宵《よい》の口が最適。

水木はこれを、取調べの六原則としている。何でもないことのようだが、この六原則を完全に消化吸収するのはかなり難しい。消化吸収したうえにテクニックを駆使するのだから、やはり名人芸ということになるだろう。水木にしても『落としの達人』といわれるまでに、十年の歳月を要している。

六原則の最後に『勝負に出る』とあるが、これは自供させるチャンスの意味であった。真っ昼間に陥落する被疑者は、どちらかといえば少ない。

いよいよ被疑者が陥落直前となり、自供に持ち込む最大のチャンスを迎えたら、夕暮れから宵の口に時間を合わせるということなのだ。自供する時間は確率からいって、夕暮れから夜にかけてがいちばん高いのであった。

ところが――。

水木はいま、大失敗をやらかした。六原則を守りきれずに、小田垣を感情的かつ反抗的にさせてしまった。その結果、小田垣は徹底抗戦を試みるかもしれない。

「先生、話を変えますか」

水木は、両腕の屈伸運動を繰り返した。

「わたしはもう、絶対に協力しません」

小田垣は、まだ涙が乾いていない顔を隠そうともしなかった。

「協力しないとは、どういうことなんですかね」

水木は立ち上がって、そっくり返るように腰を湾曲《わんきょく》させた。

「あんたとは二度と、話し合わないってことです」

野球のボールぐらいの大きさになったティッシュペーパーの塊《かたま》りを、小田垣光秀は床に叩きつけた。

その直後から、小田垣は宣言どおりにした。これまでの小田垣のように、一部人間というところがなくなった。百パーセント、ロボットになった。

ロボットではなく、機械というべきかもしれない。カセットのように、録音された言葉だけを繰り返す。水木が黙っていれば、小田垣も頑として口を開かない。

水木が質問すると、小田垣という録音機は作動する。ただし、内容のある答えはゼロだった。しかも、小田垣は判で押したように、同じ四種類の言葉で応ずるのである。

わたしは、法を犯していない。

わたしは、無実の罪に問われている。

事件について、わたしは何も知らない。

わたしが息子を、殺したりするはずがない。

この四種類の言葉以外には、タバコを吸いたいと要求することもない。

「先生は高校時代に、剣道四段になったんだそうですね」

「わたしは、法を犯していない」

「わたしは、剣道三段で柔道が四段でしてね」

「わたしは、無実の罪に問われている」

「剣道となると、わたしは先生に勝てませんね」

「事件について、わたしは何も知らない」

「いまでも先生は毎朝の木剣《ぼっけん》の素振りを、休んだことがないそうですな」

「わたしが息子を、殺したりするはずがない」

「先生は、東都大学の剣道部の特別顧問だそうで……」

「わたしは、法を犯していない」

「五十五歳の先生だろうと、剣道の腕前はいまだに鈍《なま》っちゃいない」

「わたしは、無実の罪に問われている」

「その先生が鉄パイプを木剣代わりに打ち込んだら、狙ったところを逃さずに必殺の一撃になりますよ」

「事件について、わたしは何も知らない」

こんな調子で、やりとりにならないやりとりが延々と続けられる。完全黙秘より始末が悪く、精神的に疲れてくる。小田垣は、目を閉じている。機械の面相になっていた。

水木から何を言われようと、小田垣は顔にもまったく反応を表わさない。まるで馬鹿げた禅問答のようで、御子柴刑事も記録するのが辛そうだった。

これでは取調べにもならないし、意味のない時間の浪費であった。水木は十一時二十分に、午前中の取調べを打ち切った。午後の根競《こんくら》べに、すべてを託したのである。しかし、その午後の根競べにも、水木は結果的に負けたのであった。

小田垣は午後になっても午前中と変わりなく、例の四種類の言葉しか口からひねり出さなかった。小田垣は最初から最後まで、狂ったり故障したりすることのない録音機でいた。

水木がいかに巧みに水を向けても誘導しても、小田垣がそれに乗ってくることはない。小田垣はおそらく、水木の質問を聞いていないのだろう。

水木が喋っていることは、すべて単なる音声として受けとめる。したがって、水木の質問の主旨や意味について、小田垣は思考することもない。

水木が何か言えばそれに対して、条件反射のように四種類の言葉を順ぐりに口にする。

それだからこそ小田垣は、何時間も録音機を内蔵したロボットでいられたのだろう。

小田垣は、驚くべき忍耐力を発揮した。怖いもの知らずの修行僧が、断崖のうえに立ちつくす姿を思い起こさせる。実際に小田垣は、滝に打たれる修行僧のように無念無想でいるのかもしれない。

だが、小田垣はもともと無類の頑固者で、強靱《きょうじん》な精神力の持ち主という人物ではないだろう。小田垣はここを先途《せんど》と、死にもの狂いになっているのだ。

最後の砦《とりで》が攻め落とされるか否かが運命の分かれ目になると、小田垣は必死に踏ん張っている。黙秘と同様の抵抗に、運命を賭けているのにちがいない。

そうだとすれば、答えのない質問をいつまで続けようと無駄である。四時間にわたる空回りの取調べを、水木は半ば投げ出すように終了とした。午後五時に水木は、小田垣を留置場へ戻すように指示する。

午後五時三十分から、捜査会議が開かれることになっている。水木と御子柴は三十分ほど休息して、取調室と同じ三階の会議室へ足を運んだ。会議室には、四十人ばかりの捜査員が集まっている。

捜査会議の議題はもっぱら、取調べの進捗《しんちょく》状況と成果についてであった。当然、質問は水木に集中する。水木警部補はさながら、法廷の被告席に立ったような心境にさせられる。

「その後、被疑者の口から新事実が出たかね」

捜査一課長が訊いた。

「いや、その後の進展はまったくありません」

水木は、表情を変えなかった。

その正直すぎる答えに、捜査員たちは目をまるくした。

「ずいぶん、あっさりしているじゃないか」

捜査一課長は、不満そうに口を尖らせていた。

「午前十時ごろから、完全黙秘を続けているもんですから……」

水木の平然たる態度は、確かにお偉方《えらがた》たちの反感を買うかもしれなかった。

「完全黙秘か」

「徹底しています」

「軟化する兆《きざ》しも、まったく見えないってことかね」

「六時間以上ビクともしませんから、急に態度を変えるという見込みはないでしょう」

「水木君らしくなく、自信喪失か。落としの達人は、いつも不可能を可能にするんじゃないかね」

「わたしは最初から、長期戦になると申し上げたはずです。ああいうタイプの超インテリの被疑者は、持久戦に持ち込まないと落とせないと言いました」

「それは、確かに聞いた」

「最も取調べがやりにくい難敵なんで、わたしも初めから時間のかかる真剣勝負になるだろうと、覚悟をしていたんです。一日や二日で片付くなんて、考えてもいませんでしたよ」

「まあ長期戦だろうと持久戦だろうと構わないんだが、水木君としてはとりあえずどうしようって考えているんだ」

「送検していただきたいんです」

「犯行否認のまま送検か」

「そのことにはべつに、何の問題もないでしょう」

「犯行を否認のままの送検なんて珍しいことじゃないから、それはそれでいっこうにかまわないんだが……」

捜査一課長は何となく、奥歯にもののはさまったような言い方をした。

「明朝にでも、小田垣教授の身柄を送検していただけませんか」

水木はやや、語調を強めていた。

「明朝となると、まだ何時間か捜査本部の持ち時間が残っているんじゃないのか」

捜査一課長は、隣席の捜査本部長へ目を転じた。

「五時間や六時間、余っていようと何にもなりませんよ。被疑者が黙秘で通せば、時間を無駄にするだけです」

　水木は思わず、立ち上がっていた。

「長期戦といったって、あんまり時間の余裕はないだろう」

　捜査一課長は、独り言のように声を小さくしていた。

　その捜査一課長の顔には、どこか困惑の色が認められた。何か、言いにくいことがあるらしい。それで捜査一課長は助けを求めるように、何度も捜査本部長の横顔へ視線を走らせているのだろう。

　ところが、それが捜査本部長のいつもの癖《くせ》で、いまも天井の一点をじっと見つめている。そのために捜査一課長はなかなか、捜査本部長と目を合わせられないのであった。

　何かがあるのにちがいない。首脳陣だけが承知していて、捜査員全員には公表されていないことがあるのだろう。それも、どちらかといえばいい知らせではなく、トラブルめいた出来事なのだ。

　しかし、水木としてはそんなことに、興味をそそられたりはしていられない。水木が願っているのは、小田垣の身柄を早急に検察庁へ送ることのみだった。

　警察が被疑者を取り調べる持ち時間は、逮捕してからの四十八時間に限られている。その四十八時間のうちに身柄を送検するか、書類だけを送検して放免にするか、微罪《びざい》などで釈放するかを決定しなければならない。

小田垣の場合は、微罪どころか重罪である。それで、書類送検とか釈放とかはありえない。小田垣は、身柄を検察庁へ送致される。その送検の時期は、逮捕してから四十八時間以内ならいつでもかまわない。

まだ持ち時間が余っていると捜査一課長がこだわったが、小田垣は逮捕されてからまだ二十八時間しか経過していない。水木はあと二十時間も小田垣を取り調べることが、許されるというわけなのであった。

だが、何も四十八時間ギリギリまで、取り調べる必要はなかった。それ以前に、検察庁へ送ってもかまわない。たとえば、逮捕された被疑者が、初めから包み隠さずすらすらと自供する。

供述を残らず終えて、目撃者の面通《めんとお》しもすんだし、物的証拠もすべてそろった。警察の捜査も、取調べも完了した。そういうことになれば、逮捕してからまだ十時間しかたっていなかろうと、被疑者をさっさと検察庁へ送ることになる。

こうしたケースとはまるで違うが、水木も小田垣を早々に送検したがっているのだ。その理由は、膠着《こうちゃく》状態の打破であった。持ち時間があと二十時間も残っていようが、それを有効に使うことは不可能である。

水入りのままでおけば、小田垣はいつまでだろうとストライキを続ける。二人は互いにいったん土俵をおりて、再び取り直しの仕切りにはいらなければならない。それには検事というまったく異質の力士を相手にすることで、小田垣の気分を一新させるのが最良の策なのであった。

それもまた、経験から得た水木の知恵だった。

取り直しの一番では、四《よ》つに組んでやろう——。

水木警部補は、胸の奥でつぶやいた。

3

検察庁へ被疑者の身柄が送られると、担当の検事が取調べに当たる。

検事の持ち時間は、二十四時間となっている。

この二十四時間のうちに検事は、被疑者の勾留の必要性の有無について断を下す。勾留の必要ありとなれば、検事は裁判官に勾留を請求する。

裁判官が請求を認めると、被疑者の勾留が決定する。

被疑者の勾留期間は、検事が勾留請求をした日を含めた十日間と限られている。この十日以内に起訴《きそ》できないときは、被疑者を釈放しなければならない。

やむをえない事情があって、もう少し被疑者の身柄を拘束しておきたい場合は、勾留期間の延長を請求することが可能である。ただし、裁判官が許可する延長期間は、十日間までであった。

ほかに五日間の再延長という特例もあるが、これは内乱、外患《がいかん》、国交など国家的な犯罪の被疑者に適用されるので一般には馴染みが薄い。ふつう、検事勾留の最長期間は、二十日間ということになる。

小田垣のような殺人事件の被疑者も、検事勾留の期間が二十日間を超えることはない。二十日のうちに小田垣の罪状が明らかにならなければ、起訴猶予《ゆうよ》か処分保留で釈放となる。

すなわち検察庁と警察の総敗北、大黒星《おおくろぼし》ということで世間の批判を浴びるのだ。逆に小田垣光秀は青天白日《せいてんはくじつ》の身となり、みずからの不幸を訴える手記でも書くにちがいない。

そうさせないためにも、水木は小田垣との四つ相撲に勝たなければならない。いや、相撲で投げ飛ばすぐらいでは、とてもすまないだろう。

剣豪同士の決闘のように、真剣勝負を覚悟すべきかもしれない。そこまで考えてもいいほど、水木の責任は重いのである。

佐賀市には、被疑者を拘置する施設がない。拘置所の代用に使われる場所はあるが、取調官がそこまで通うのは何かと不便であった。

小田垣は犯行を否認していて、いまだに何ひとつ自供していない。何事も、これからだった。小田垣の検事勾留が決まって、初めて本格的な取調べが開始されるのである。

取調べはやはり、捜査本部が設置されている佐賀中央署で行なわれる。小田垣は検事勾留になってからも、これまでどおり佐賀中央署の留置場に収容される。毎日、2号取調室で水木と顔を合わせる点にも、変わりはなかった。

ただ、いままでと少しばかり違うのは、水木と小田垣の対決がしだいに真剣勝負の様相を呈してくることだった。

今日は、十月十八日。

明日の朝、小田垣の身柄を佐賀地方検察庁へ送致する。

明日一日は、検事の持ち時間となる。

明後日《あさって》に検事は裁判官に、小田垣の勾留を請求する。

十月二十日から十月二十九日までの検事勾留が決まる。

だが、十月二十九日までに小田垣が落ちるという期待は、百パーセント持てない。

もう十日間の勾留延長となる。

十一月八日までであった。

しかし、この日までに小田垣が、自供すればいいというのではない。

十一月八日までに『起訴手続き』がとれなければ、被疑者を釈放しなければならないのだ。

起訴手続きを完了させるには、小田垣の供述に基づいた裏付け捜査をすべてすませて、証言と証拠を確保しなければならない。

それには、三ないし四日かかる。

十一月八日に小田垣が自供したのでは、とても間に合わない。

　四日の余裕が必要として、十一月四日までには小田垣を全面自供に追い込むのであった。

それができなければ水木は小田垣の一刀を浴びて、首を打ち落とされることになるのである。

十一月四日が、待ったなしのタイムリミット。水木は氷を押しつけられたように、腹が痛くなるのを感じた。

「水木君！」

と、水木警部補の耳へ、大きな声が飛び込んできた。

「はい」

われに返ってから、水木は声の主を捜した。

「疲れて、ポーッとしているんじゃないのかね」

声の主は、笑いのない顔で言った。

「いいえ、そんなことはありません」

署長の制服姿を、水木警部補は改めて見やった。

「さっき一時間の長電話で、松坂《まつざか》検事と話し合った」

捜査本部長の表情とするならば、あまり機嫌がよさそうではなかった。

松坂検事というのは、東都大生殺害事件を担当する検察官であった。佐賀地方検察庁では若手の検事で、頭が切れることで知られている。

だが、都会的でスマートという外見に似合わず、峻烈《しゅんれつ》な一面があるらしい。人から嫌われるほうではないが、短気なうえに歯に衣《きぬ》を着せないタイプだった。

「検事から、クレームがついたんでしょうか」

ふと気がついて、水木警部補は椅子にすわった。

「クレームとまではいかないが、松坂検事はだいぶ心配しておられた」

赤くなるほどちょいちょい耳に触れているのも、本部長がかなり緊張していることを物語っていた。

「小田垣教授のことをですかね」

「逃亡の恐れがあったから逮捕もしたし、状況証拠なら腐るほどある。だから、十日間の検事勾留は許可されるだろう。だけど、そのあとはお先真っ暗だって、検事はそういう言い方をしたよ」

「十日間の検事勾留は何とかするけど、その先の延長は無理だっていうんですね」

「そういうことだろうな」

「どうしてなんです」

「被疑者にはアリバイがある、息子殺しの動機も不透明、凶器も不明、物証はゼロ、小田垣はいっこうに落ちない。これほど絶望的な捜査状況っていうのは、滅多にないんじゃないかって……」

「あの検事にしては、失恋したみたいに弱気ですね」

「宝の山のように豊富な状況証拠に惑わされて、逮捕状だ指名手配だと強制捜査に踏み切ったのが軽率だったのではないか。松坂検事は、そんなふうに思うこともあるそうだ。検事は、だいぶ深刻だよ」

「松坂さんにお会いになったら、鬼検事に泣《な》き言《ごと》はふさわしくないって伝えていただけますか」

「われわれにしたって、正直なところ気が気じゃない」

「本部長、取調べはこれからです」

「佐賀県の警察を、全国の笑いものにさせたくないからな。きみひとりが楽観的でいて、すむことじゃないだろう」

「わたしも、楽観してはいません。ただ真剣勝負はこれからだと、思っているだけです。おそらく小田垣教授も、同じ気持ちでしょう」

「勝つ自信は……」

「勝算はありませんが、小田垣教授に負ける気はしません」

「いまどき、精神主義は通用しないと思うがね」

「十一月四日までには、必ず落とします」

「十一月四日……?」

「はい」

「十一月四日とは、どういうことから割り出したんだね」

「検事勾留十六日目が、十一月四日、木曜日です」

「しかし、松坂検事の見解によると、いまのままだったら勾留の延長は難しいという。勾留十六日目なんて、訪れないかもしれんだろう」

「それには、いまのままだったら、という条件が付いています。ですから十日間の勾留期間中に、どでかい進展があればいいんでしょう」

「どでかい進展とは、たとえばどういうことかね。何を、突破口にするんだ」

「わたしの勘では、アリバイがいちばん取っ付きやすいと思います」

「その理由は……」

「小田垣教授は百パーセント、犯人《ホシ》に間違いありません。それですから、真犯人《ホンボシ》にアリバイがあるほうがおかしいということで、小田垣教授のアリバイは必ず崩れます」

「あまり、科学的とは言えんね」

「しかし、本部長。小田垣教授に本物のアリバイがあるとすれば、彼を被疑者とすることもできませんよ」

「確かにそのとおりだが、小田垣のアリバイは多数の証人によって裏付けられているんでね」

「実を言いますと十一年前に、わたしは今回と同じようなケースにぶつかったことがあります。そのときも結局、被疑者のアリバイはアリバイとして通用しないことになりました。わたしはもう一度、同じようなアリバイ確認をやってみるつもりでおります」

「わかった。取調べは、きみに一任したんだ。その件についても、落としの神さまに任せよう」

「十日間の勾留が切れるまでに、まずアリバイから崩すことにします」

水木は、一礼した。

「頼む」

本部長は依然として、耳を摘んだり引っ張ったりしている。

本部長は、絶対的に水木を信頼してはいない。取調べの第一人者であることは認めているから、すべてを水木に任せようというくらいの信用度なのである。

落としの神さまといわれようと、水木が人間であることを本部長は知っている。人間の能力には限度があり、水木が失敗する可能性も決して低くない。

そうかといって本部長自身にも、万全の策があるわけではなかった。そうなると、賭《か》けと変わらない。賭けには、不安が付きものであった。

松坂検事からあれこれ言われて、本部長も捜査一課長も最悪の事態を予想したのだろう。もし小田垣が起訴猶予か処分保留で釈放されたら、佐賀県の警察は天下の笑いものになる。

それには、とても耐えられない。本部長の性格からすれば、腹を切りたいと悔やしがるはずである。たぶん、本部長は引責辞職することも、すでに決めているのにちがいない。

佐賀中央署の署長とは、別人のように人相が変わっている。捜査本部長に任命されてまだ十日にもなっていないのに、髪の毛の白さが目立ち顔がひとまわり小さくなっていた。

水木にしても、本部長以上に心細さを感じている。胸の中をどうかき回しても、やはり絶対という言葉が見つからないのだ。佐賀県をそっくり背負っているように、取調官の責任も重いのである。

おれも辞職の覚悟を決めておこうと、水木はチラッと浮かんだ妻子の顔を溜息《ためいき》で吹き飛ばした。

「いまから、五名の人選を行ないます。この五名には明朝の飛行機で、北海道の襟裳岬へ向かってもらう」

古賀管理官の声が、会議室に響いた。

都道府県の警察は、相互に協力する義務を負うことを法律で定められている。ただし、管轄《かんかつ》区域外となる他県で、勝手に捜査活動をしてもいいというものではない。事前の連絡とか、協力要請とかが必要である。

そうした協力要請は、都道府県の公安委員会同士がすることになっている。前回もそうだったが、今回もまた佐賀県公安委員会が北海道公安委員会に、捜査上の援助を求めたのであった。

「北海道公安委員会、並びに道警本部のご好意により警察官二十名、小型船舶五隻、ヘリコプター一機を用意していただけることになった。捜査本部から派遣される五名も、感謝の念をもって大いに奮闘してもらいたい」

古賀管理官が、そのように言葉を続けた。

警察官が合計で二十五名、船舶五隻、ヘリコプター一機の任務は、小田垣が襟裳岬から海中に投じたというスーツ、ネクタイ、コウモリ傘の捜索である。

この大がかりな捜索によっても、海中に捨てられたものの存在が認められる見込みはまずないだろう。しかし、ネクタイだけでも見つかってくれればと、水木警部補は奇跡を念じていた。

4

翌十九日の午前十時に、小田垣光秀の身柄は佐賀地方検察庁へ送られた。

この日は検察官の持ち時間であり、担当の松坂検事が小田垣を取り調べた。小田垣は容疑を全面否認のまま送検されたのであり、この日の取調べでも松坂検事はずいぶん手を焼いたらしい。

夜になって小田垣は、佐賀中央署の留置場へ戻されてきた。

次の日は、佐賀地方裁判所へ身柄を運ばれる。

松坂検事が裁判官に、小田垣の勾留を請求する。裁判官は小田垣に対して、勾留尋問というのを行なう。

状況証拠はいくらでもあるし、逃亡の恐れがあった。それに、スーツなどを海中に投げ捨てたりして、すでに証拠の湮滅を図っている。

そうしたことから裁判官は、検察官の勾留請求を許可した。

この十月二十日から数えて十日間、十月二十九日までの検事勾留が決定した。

小田垣は再び佐賀中央署の留置場を仮の宿として、明日からの毎日を水木警部補との対決のために費やすことになったのだ。

水入り相撲の休憩時間がすぎて、取り直しの大一番が始まる。もう黙秘という形で、小田垣を土俵のうえから逃がしてはならない。がっぷり四つに組んで、絶対に小田垣の回《まわし》を離さないことである。

そのような考えが頭の中を駆けめぐり、水木警部補は夜中まで寝つかれなかった。

十月二十一日の朝を迎える。

やや緊張した気分で、水木警部補は捜査本部に出勤した。ところが、予想もしなかった異変が待ち受けていたのだった。

「おはようございます」

浮かない顔つきの御子柴刑事が、力なく首を振った。

「何かあったのか」

水木は何となくあわてて、あたりに目を配った。

「教授が、熱を出しました」

御子柴刑事は鼻の下を、一本の指で横にこすった。

「いつからだ」

髪の短い頭に、水木は手をやった。

「今朝早く、寒気がするって訴えたそうです。どうやら、仮病《けびよう》ではなさそうだというんで、すぐに医者を呼びました。たったいま、医者が引き揚げたところです」

「それで、医者の診断は……」

「風邪ということです」

「いまは風邪なんて、流行していないだろう」

「インフルエンザではなく、疲労が引き金となってのただの風邪だそうです」

「まさか、入院するってことにはならないだろうな」

「身体を休めて疲れがとれれば、風邪のほうも熱が引いてよくなるという話です」

「いまは、どうしているんだ」

「留置場から保護室へ移って、何枚もの毛布にくるまって寝ています。あとは、注射と薬が効《き》いてくるでしょう」

「熱は、何度あったんだ」

「三十八度五分ということでした」

「とくに、高熱ってわけじゃないな」

「毎日の往診を、医者に頼んであります」

「しかたない、待つしかないな」

「いつまで、待つんですか」

「教授の熱が、下がるまでだ」

「平熱《へいねつ》になるまで、待つんですか」

「そういうことだ」

「少しでも熱があれば、取調べは人権問題になりますかね」

「人権問題だけじゃない。発熱のため思考力が鈍っているときに、無理やり誘導によって供述させられたと、公判で引っくり返される恐れもある」

「それにしても、時間がもったいないですね」

御子柴刑事は苛立《いらだ》ってか、両手の指の関節をポキポキと鳴らした。

「まったくだ」

水木は意味もなく、時計に目をやった。

貴重な時間が、待ちぼうけを食うように失われていく。小田垣の熱が、今日じゅうに下がるということはありえない。そうなると検事勾留十日間のうち、早くも二日間が消えてしまう。

だが、仮病でなければ、取調べは控えなければならない。焦りを抑えて、明日を待つほかはなかった。

十月二十二日になった。

小田垣の熱は、大して下がらない。医師の診断だと快方に向かっているそうだが、小田垣の熱はまだ三十八度であった。この日もまた休場ということになり、小田垣は土俵に上がらなかった。

十月二十三日。

小田垣の熱は、三十七度二分まで下がった。微熱ということで、風邪はいちおう治ったといえる。しかし、この二日間は粥《かゆ》とタマゴしか食べていないので、体力の回復に努めるということだった。

取調べの開始は、もう一日延期である。小田垣は、食欲旺盛らしい。朝食に親子《おやこ》丼《どんぶり》、昼食に焼き肉弁当、夕食にステーキ定食と、本部長から特別な差し入れがあった。

小田垣はそれらをペロリと平《たい》らげて、あとは寝ているという。小田垣こそが誰よりも、結構なご身分でいられたのだ。午後の小田垣の熱は、三十六度六分となった。

十月二十四日の朝も、平熱ということだった。もはや病人ではなく、体力にしても取調べに耐えられると医師が診断した。ついにそのときがきたと、久しぶりに青空を見たような気分を水木は味わった。

だが、またしても邪魔がはいった。

松坂検事が突然、小田垣を地検へ呼びつけたのだ。松坂検事がアリバイについて直接、小田垣を取り調べるというのである。検事の取調べのほうが優先されるので、水木は順番を譲らなければならなかった。

小田垣は、検察庁へ護送された。小田垣が佐賀中央署へ戻されてきたのは、夜になってからであった。水木はまたもや涙を呑《の》んで、貴重な一日を棒に振ったのだった。

そのうえ、あと一日松坂検事が小田垣の取調べを続けると、捜査本部長から告げられたのである。水木はいきなり、足払いをかけられたような気がした。

「それはないでしょう」

水木は、顔色を変えていた。

「わたしも、そう言いたいよ。イライラして、胃が痛んでいる」

署長室の応接セットの周囲を、本部長は大股に歩き回っている。

「でしたら明日から、取調べを始めさせてください！」

水木としては珍しく、大きな声を出した。

「それは、無理だ。検事の取調べを、妨害する権利はないんでね」

本部長は、胃のあたりを押えていた。

「明日は、十月二十五日ですよ」

「きみの取調べは、明後日からということになる。十日間の勾留期間は余すところ、二十六、二十七、二十八、二十九の四日間しかない」

「まるで、意地悪しているみたいじゃないですか」

「意地悪ってことはないだろうけど、松坂検事はまだ若いんでね。ムキになったり、意地になったりするんだろうな。要するに、松坂検事も必死なんだよ」

「必死になって捜査を妨害したり、取調べを難しくしたりするんですか。松坂検事に、小田垣のアリバイは崩せっこありません。時間を、無駄にするだけです」

「それでも松坂検事は、使命感に燃えているんだ」

「いまは、時間との競争なんです」

「わかっている」

「明日一日だけだって、百年ぐらいの価値があるんです」

「きみは、十一年前の経験を活かして小田垣のアリバイを、アリバイでなくしてみせると言いきったんだ。それを二十六日からの四日間で、やり遂げればいいじゃないか」

「できれば、そうしたいです」

「明日は、休みたまえ」

「そうはいきませんよ」

「休養しろというんじゃない。十一年前の経験を活かすことに、専念するために休むんだ」

水木を振り返った本部長の目つきは、青い光を放つように鋭かった。

「はい」

水木警部補は思わず、直立不動の姿勢をとっていた。

「それから、北海道の襟裳岬での捜索は昨日いっぱいで打ち切ったと、連絡があった。収穫は、ゼロだったそうだ」

腰を庇《かば》うようにして、本部長はソファにすわった。

「そうですか」

これで重要な物的証拠が完全に消滅したと、水木警部補の心は一段と重さを増していた。

「日曜日だっていうのに、みんな気が立っている」

本部長が目を閉じて、つぶやくように言った。

「本部長、敗軍の将の心境になるのは、まだ早いですよ」

本部長に目礼して、水木警部補は署長室を出た。

今夜も十二時近くになって、水木は緑小路の住宅街に帰りついた。いつものことだが、わが家に子どもたちが起きている気配はない。妻の加代子が、のっそりと玄関に現われる。

「今夜は、寒いくらいね」

加代子は、『お帰りなさい』の代わりにそう言った。

「まもなく、晩秋だからな」

男物のようにダブダブのパジャマに、カーディガンという妻の身なりを、水木は見やった。

「ご飯は……」

加代子は、茶の間へ足を向ける。

「お茶漬け一杯ぐらいなら、食べてもいいな」

水木は、妻のあとを追った。

「あなたがほとんど家で食べないから、食費が浮くみたい」

座卓の前にぺたんとすわって、加代子はお茶を入れた。

「明日は、休みだ」

水木は内ポケットから、折り畳んだ書類を抜き取った。

「せっかくの休みでも、釣りは駄目みたい。明日は降水確率九十パーセントの雨だって、天気予報で聞いたから……」

「釣りなんてしていられるか」

「そうか、だいぶ難航している。今日の朝刊にも、小田垣容疑者なお否認って、大きく出ていたもの」

「明日の午前中は、佐賀医大だ。午後はジグソーパズルをやりながら、頭脳の集中力を養う」

「午前中の佐賀医大っていうのが、よくわからないわね。まさか、あなた自身の健康診断じゃないでしょ」

「法医学教室の一柳《いちりゅう》教授と、会うことになっている」

「一柳教授……」

「聞き覚えがあるだろう」

「ええ、ずいぶんむかしね」

「十一年前の事件で、お世話になったことがある。もっともそのころは、一柳助教授だったけど……」

「確か一風変わった先生だって、あなたが感心していたのを覚えているわ」

「ぼくは、他殺死体の司法解剖を引き受けて、多くのデータを警察に提供している。しかし、ぼくはあくまで医学者であって、検察官でも捜査員でもない。だから、ぼくは死体が物語る事実だけをデータとして記録するのであって、犯罪に関する推定や推理はいっさい差し控えることにします。十一年前に一柳先生からそう言われて、徹底しているなっておれは驚いたんだ」

「ねえ、こんなものでいいかしら」

加代子は水木の前に明太子《めんたいこ》、アゴ（飛魚）の一夜干し、それにキムチの皿を並べた。

「うん」

水木は、お茶に口をつけた。

「大雨になると、また雨漏りか」

加代子は茶碗に、米飯を山盛りにした。

翌日の午前十時に、水木は佐賀医大へ車を走らせた。約束がしてあったので、待たされずに一柳教授と会うことができた。水木は、今日も折り畳んで内ポケットに入れていた書類を、一柳教授の前で広げた。

それは、一柳教授の記録による小田垣悦也の解剖所見のコピーであり、水木は『死の認定に限るならば』という死亡推定時刻の部分を指でなぞった。それから約一時間、水木と一柳教授の話し合いは続いた。

正午に、水木は帰宅した。昼食後、二時間ほど昼寝をする。午後三時に目を覚まして、水木は新しいジグソーパズルに挑戦した。上級者向きの非常に難しいジグソーパズルを、水木は四時間がかりで完成に持ち込んだ。

このようにして、水木正一郎の十月二十五日はすぎていった。

十月二十六日、水木はまだ暗いうちに顔を洗った。

5

午前九時に、水木警部補と御子柴刑事は2号取調室へはいった。

それぞれ、取調官と補助官の席についた。二人とも、無言でいる。緊張はしていないが、いろいろなことが頭に浮かんでは消える。とても、無駄口をたたく気にはなれない。

五分後に、小田垣光秀が現われる。ゴム草履を引きずるようにして、水木の脇を通り抜ける。小田垣は窓に背を向け、デスクを隔てて水木の前に立つ。付き添いの刑事が、小田垣の腰縄と手錠をはずして立ち去る。

「おはようございます。どうも、しばらくでした」

小田垣はそう言って、向かい合いの椅子に腰をおろした。

小田垣がそんなふうに挨拶《あいさつ》をするのは、初めてのことであった。機嫌がいいのか、厚かましくなったのかわからない。それとも、心境に変化を来《きた》したのか。あるいは、何か下心があってのことかもしれない。

「一週間ぶりの再会ですね」

水木は、ニヤリとした。

小田垣は白いワイシャツ、紺のセーターにズボンとこざっぱりとした服装でいる。数日前に東京の自宅から、大量の衣類が届いたとは話に聞いていた。

それも娘の美鈴の心遣いではなく、送り主は家政婦の栗田トシ子だったという。小田垣はさっそく、お好みの紺色のセーターとズボンを身にまとったのだろう。

「そうですか、一週間になりますか」

小田垣は、うなり声を洩《も》らした。

小田垣は黙秘も同然に、四種類の言葉だけを繰り返すという録音テープではなくなっている。そのことに、間違いはなかった。普通に喋るし、それもかなり快活という感じである。

それは水木警部補にとって、素晴らしいことといえる。小田垣とやりとりを交わせるのは、双方が土俵にのぼったことを意味する。互いに笑みを浮かべながら、じつは入念に仕切っている緊迫感が、両力士の全身を紅潮させているのであった。

「この取調室も、一週間ぶりってことじゃないですか」

水木はケントの箱から、一本のタバコを引き出した。

「そうですよ。この取調室以外の場所では、水木さんとまったく顔を合わせることがないですしね」

小田垣は懐《なつ》かしそうに、取調室の中を眺め回した。

「取調官は取調室以外ではいっさい、担当している被疑者と接触しないようにしているんです」

水木は、ライターに点火した。

「道理でね。しかし、ほかよりはこの2号取調室が、はるかに居心地がいいって感じるから不思議ですね。またこのケントが吸えるっていうのが、ぼくには嬉《うれ》しいですよ」

小田垣は素直に、タバコとライターの火をもらった。

「うまそうに吸うんで、ついすすめたくなるんです」

一週間前までの小田垣とは、やはりどこかが違っていると水木は思った。

「あれは、マジックミラーなんでしょうね」

左右の壁にある鏡を、小田垣は指さした。

「そうですよ」

いまさら隠すことでもないので、水木はマジックミラーである点を認めた。

1号取調室、それに3号取調室との境の壁に、さして大きくない鏡が取り付けられている。そのいずれも1号と3号の取調室から覗けば、ただのガラスと変わらなかった。気づかれることなく、2号取調室の被疑者の顔が見えるのだ。

「マジックミラーを通して、被疑者の顔を確かめる。そうしたことを、面通《めんとお》しって言うんでしょう」

小田垣はタバコの煙で、ドーナッツのような輪を作った。

「物知りになったんですね」

なかなか形の崩れない煙の輪を、水木は真剣な顔つきで見守った。

「ぼくも誰かに、面通しされたんですか」

小田垣は消すか消さないかを迷ってから、タバコの火を灰皿に押しつけた。

「最初の日に西玄寺の住職と、ニューグランドのフロント係が面通しをやりましたね。小田垣教授に間違いないかを、確認してもらうためですよ」

水木は小田垣が『わたし』ではなく、『ぼく』という言い方に変わっていることに気づいた。

当然『わたし』のほうが、他人行儀に聞こえる。一般的な解釈だと、『ぼく』は砕《くだ》けた自称とされている。友人同士のように対等な相手に使う自称であり、目上の人間に『ぼく』とは言わないものである。

小田垣も水木に対する親近感から、『わたし』を『ぼく』に改めたのかもしれない。

「西玄寺の住職なら、ぼくが当人だってひと目でわかりますよ」

小田垣は、薄ら笑いを浮かべた。

「ところで、松坂検事の取調べはどうでしたか」

水木は、話題を変えた。

「あの検事には、とてもじゃないけど好意を抱けない」

とたんに小田垣はメガネの奥で、憎しみを表わすように目を細めた。

「二日間、みっちりやられたんでしょう」

「それがね、内容があるんだったらまだしもですよ」

「ほう」

「それなりに内容があるんだったら、みっちりやられようとこっちにも反論の楽しみがあるんだから、そうそう腹だって立ちませんよ」

「内容がないんですか」

「ただ取り調べるんだという態度だけ一貫していて、話とか質問とかはあっちへ飛んだり、こっちへそれたりですよ。あとは、どうやってアリバイを偽装したのかって、そればつかりでしたね」

「松坂検事は、優秀な若手だって評価が高いですよ」

「論理性に欠けているし、強引にすぎますよ」

「松坂検事は、東大《とうだい》出の俊英《しゅんえい》です」

「聞きましたよ、東大在学中に司法試験にパスしたんだって……。でもね、そんなことにぼくが驚きますか。卒業前に司法試験にパスした人間なんて、ぼくの知り合いにはいくらでもいますよ」

「そうですか」

「それに、ぼくに対して東大出だって威張るのは、滑稽としか言いようがない。ぼくだって、東大出なんだから……」

「ああ、そうでしたね」

「松坂検事は法学部、ぼくは理学部。学部は違っていても、同じ東大卒であることに変わりはない。つまり、東大ＯＢの先輩後輩ってことになる」

「教授のほうが、大先輩なんだ」

「そう。松坂検事は、十五年以上も後輩ですよ。しかし、あの検事は先輩に対する礼儀も知らないし、後輩らしい遠慮というものもない」

「ですけど、立場というものがあってしかたがないんだってことも、教授は理解しているんでしょう」

「たとえ検事という立場があろうと、もう少し人間的な一面ってものがあっていいと思いますよ」

「人間的な一面ですか」

「お互いに東大卒の先輩と後輩だったら、学生時代の思い出とか、東大ＯＢの噂とかを話し合ったっていいじゃないですか。しかし、あの検事には現実しかないというか、心が乾ききっている」

「松坂検事はわたしなんかと違って、知性も教養もある人なんですがね」

「いや、知性と教養があるんなら、もっと学識っていうものを尊重する。プロフェッサーを、尊敬するはずだ。それなのに、あの検事は大学教授だろうと、見下してかかるんですからね」

「それで、結局どうなったんですか」

「何が……」

「アリバイ論争ですよ」

「ぼくは二日間、犯人でなければアリバイがあるのは当然でしょうと、言い続けましたよ。犯人じゃないぼくを無理に犯人にしようとするから、アリバイが邪魔になって困っているんだろうと……」

「それで松坂検事は、納得されたんですかね」

「納得するもしないも、反論のしようがないからどうにもならない。ぼくのアリバイを否定できる材料が、ひとつとしてないんだから……」

「アリバイ否定の材料ね」

「それで、ただアリバイ偽装だ、どういうトリックを使ったんだって食い下がるだけだから、答えの出ようも出しようもない。アリバイ偽装だのトリックだのって、まるで推理ゲームじゃないですか」

「推理ゲームか」

「そういう低次元でのやりとりで、二日間を無駄にしたんですよ」

「結論は、出なかった」

「松坂検事のほうが、諦めたってことだろうな」

「そうですか」

「しまいには、ぼくのアリバイは動かし難いって、認めてくれましたね」

「検事が、教授のアリバイ成立を認めたんですか」

「証人も大勢いることだし、アリバイは完璧か。松坂検事はこんなふうに、溜息まじりにつぶやいていましたよ」

小田垣は、頭を抱える格好を演じて見せた。

「それで松坂検事の取調べは、打ち切られたんですか」

小田垣がなぜ上機嫌なのか、水木にはようやく察しがついた。

小田垣は、松坂検事に勝ったつもりでいるのである。検事が降参したのだからと、いまや小田垣は自信満々なのであった。完璧なアリバイというのが決定的な障害となり、松坂検事は起訴に持ち込むことができない。

そうなれば、検事勾留の延長も不可能である。起訴手続きができないから、小田垣は十日間の勾留で釈放になる。あと三日で自由の身となり、小田垣は帰京する。

百パーセントそうなることを、小田垣は信じている。小田垣はヒーローとして時の人、話題の人という扱いを受ける。殺人事件の犯人にされかけたという難事を、小田垣はみごとに切り抜けたのだ。

「アリバイは完璧かって、松坂検事が溜息をついたのが昨日の夕方で、その直後に取調べは打ち切りになりました」

小田垣の口もとには、笑いが漂っている。

それが、自分は勝利者であると宣言するように、誇らしげな顔に見えた。アリバイという鉄壁の防備は、絶対に打ち破られない。したがって自分は犯人になりえないし、三日後には間違いなく釈放になる。

そう思えば、誰だろうと浮き浮きしてくる。希望の王子さまになったような気分で、世の中がバラ色に見えることだろう。機嫌がよくなるし、ベラベラと喋ることも楽しいのにちがいない。

それで小田垣は、人が変わったようになっている。検事に白旗を掲げさせたことで、わが勝利に揺るぎなしと、小田垣は心の中でバンザイを繰り返しているのだ。

なるほどねえ——と、水木は小田垣の顔をしみじみと見やった。

『だが、小田垣を取り調べる人間は、ひとりだけではない。ここに、もうひとりいる。それも、専門の取調官である。そのうえ松坂検事がお手上げになろうと、落としの達人には材料もだいぶ集まっているのだ……』

映画であればこんなセリフも吐けるのにと、水木警部補は胸のうちで苦笑した。

確かに、小田垣のアリバイは完璧であった。

とくに、松坂検事のような正攻法は通用しない。アリバイは犯人が作為的に偽装するものだから、そのトリックを見破ればいいという正攻法は、あまりにも推理小説じみている。現実に存在する犯罪者の大半は、アリバイ偽装など思いつきもしないのである。

小田垣悦也の死亡推定時刻は、十月九日の午後一時三十分より三時三十分までとなっている。

一方の小田垣教授は同じ日の午後二時三十分に、佐賀から遠く離れた北海道の苫小牧市のホテルにチェックインしている。このことは、ホテルのフロント係が明確な証言を惜しんでいない。

小田垣が息子の悦也を佐賀のホテルで、午後一時三十分に殺害したとしても一時間後の二時三十分に、苫小牧のホテルに到着することは物理的に不可能であった。神業《かみわざ》といえども、叶うことではない。

更に小田垣のアリバイを、間接的に立証する人間も少なからずいた。証人も大勢いることだしと松坂検事を嘆《なげ》かせたのも、おそらくその点を指しているのにちがいない。

それは十月九日の午前十一時三十分に、悦也がニューグランド佐賀の五一二号室から、東京へ電話をかけたということに関連している。

6

悦也が東京のどこへ電話をかけたのかは、その後の調べで明らかになっていた。

東京文京区《ぶんきょうく》の本駒込《ほんこまごめ》にある『白雲荘《はくうんそう》』であった。白雲荘は東都大学のテニス部の合宿所で、前日から五十名の部員が合宿にはいっていた。

午前十一時三十分に、木暮《こぐれ》という部員のいる部屋に電話がかかった。同室者は宮本《みやもと》、小《こ》早川《ばやかわ》、嵐山《あらしやま》の三人であった。この四人はとくに、悦也と仲がよかった。

四人は午前中の練習を終えて、昼飯前にシャワーを浴びようと、部屋へ戻ってきたところだった。とたんに電話が鳴って、木暮が受話器を手にした。相手は、小田垣悦也であった。

「小田垣か、木暮だよ。どこから、電話してんだ」

「佐賀市だよ」

「佐賀？　あの九州の佐賀か」

「うん。ニューグランド佐賀っていうホテルにいる」

「何だって、そんなところにいるんだ。お前が無断で合宿に不参加ってことになって、そのうえどうも行方不明らしいっていうんで、昨夜はみんなで心配していたんだ」

「悪い。おやじに、してやられたんだ。おやじにうまいことを言われて、おふくろの墓参りに引っ張ってこられてさ」

「お墓が、佐賀にあるのか」

「うん」

「それで、いつ帰ってくるんだ」

「いまから、すぐにでも帰りたいよ」

「今回の合宿には、各方面からの差し入れが多くてな。今夜は、バーベキュー大会だそうだぞ」

「いいなあ」

ここで、宮本が受話器を奪った。

「おい、小田垣。どんな事情があるのか知らんが、早く戻ってこいよ」

「宮本か。今夜バーベキュー大会で、あんまりビールを飲むなよ」

「合宿中は、禁酒だよ」

「嘘をつけ。飲むんだったら、焼酎《しょうちゅう》にしておけ」

「それも、ワンカップでやめろっていうんだろう」

「嵐山にも、そう言っておけよ。このごろ、あいつはプレー中に汗をかきすぎる」

「はいはい、チャンピオンの忠告には従います」

宮本は、小早川に受話器を渡す。

「もしもし、チャンピオンがいないんじゃあ合宿も何となく締まらないぞ」

「明日の午後には、そっちへ行けるよ。合宿はまだ、四日も残っているんだぞ」

「借金を返そうと思って、工面してきたのにな」

「二万円か」

「使っちゃうぞ」

「明日まで、待てよ」
「これから、どうするんだ」
「寝ようと思っている」
「お昼寝とは、うらやましいな」
「じゃあな、小早川」
「明日、また……」

こういうことで、電話は切れている。電話でのやりとりは木暮、宮本、小早川がだいたいのところを記憶していた。時間にして約十三分であり、午前十一時三十分から四十三分までの電話だった。

ひとりではなく、三人が電話に出ている。三人ともテニス部員であり、悦也とは兄弟同様に親しい。その三人が悦也からの電話だったと断言しているので、ほかの人間が悦也の声を真似たとは考えられない。

それに声を聞いただけで木暮、宮本、小早川とわかったのである。また宮本がビール党であること、最近の嵐山が汗をかきやすいこと、小早川が悦也から二万円の借金をしていることなどを、ちゃんと承知していたのであった。

何者かが生きている悦也になりすまして、電話をかけたということにはどうしてもなりえない。木暮、宮本、小早川の三人は間違いなく、生きている悦也と電話で喋ったのだった。

つまり、悦也が十一時四十三分まで確実に生きていたことを、木暮たち三人が証明しているのである。午前十一時四十三分ごろ、小田垣教授は白坂圭介という変名で、福岡空港を離陸したばかりの全日空二七五便の機内にいた。

なお午後二時十分と午後三時に、ホテル・ニューグランド佐賀の五一二号室を呼び出した電話は、二本とも悦也の友人の嵐山がかけたものである。嵐山は自分だけが悦也の声を聞けなかったということで、改めて東京から電話を入れたのだった。

しかし、二度かけた電話に、悦也は出なかった。その時間に悦也は五一二号室で、すでに死体になっていたからだろう。いずれにしても、小田垣教授にはアリバイが成立する。

悦也が佐賀で死亡したころ、小田垣教授は北海道の地を踏んでいる。

偽装とは考えられないアリバイだし、証人もいい加減なものではない。その中でも千鈞《せんきん》の重みのある証人は、全日空二七五便のスチュワーデスのひとりであった。

このスチュワーデスは、東都大学の出身である。専攻は英文学で、理学部には縁がない。ところが、女子学生でありながら熱心な剣道部員だったのだ。

当然、剣道部の特別顧問の小田垣教授を、何度も見かけることになる。口をきいたこともないし、小田垣のほうは女子学生の名前すら知らなかったと思われる。だが、スチュワーデスはしっかりと、小田垣教授の顔を記憶していた。

飛行機が福岡空港を離陸してまもなく、スチュワーデスは小田垣教授の存在に気づいた。小田垣は、シートベルトを緩《ゆる》くしめている。それでスチュワーデスは、通路を進みながら、小田垣に声をかけた。

「小田垣先生、もう少しシートベルトを強くおしめくださいませ」

スチュワーデスは、笑顔を作った。

「ああ、これはどうも……」

小田垣は戸惑ったようであり、まぶしそうにスチュワーデスを見上げたという。

このようなスチュワーデスの証言を、裏付け捜査を通じて得てしまったのである。午前十一時三十分発の千歳行きの飛行機に、小田垣当人が乗っていたということが、スチュワーデスによって証明されたのだからこれは重大だった。

それに加えて苫小牧のホテル北界のフロント係、三人の東都大学の学生という証人もいる。小田垣のアリバイには、指の先ほどの疑わしさもない。

いじりようがないのだから、松坂検事がサジを投げるのも無理はなかった。

「昨日、検察庁からここへ戻ってくる護送車に乗っていて、佐賀の街頭風景をしみじみと眺めましたよ。時間にすれば、十分たらずだったでしょうけどね」

小田垣は椅子に斜めにすわって、背後の窓へ視線を投げかけた。

しかし、曇《くも》りガラスが閉じてあって、何も見えなかった。あいにくと雨が降っていて、窓そのものが陰鬱《いんうつ》な四角になっている。加代子の天気予報ははずれて昨日が晴天、今日になって雨が降り出したのだ。

「だけど、別世界という感じはしなかったな。ぼく自身も、町中にいるんだという気がしましたよ」

小田垣はメガネをはずして、セーターの袖口でレンズをふいた。

「それは、どうしてなんでしょうね」

答えはわかっているが、話に乗せるために水木はあえて訊くことにした。

「やっぱり自由の世界が至近距離にある、自分もまもなく自由な身になるんだという思いからでしょうね」

メガネのレンズを磨く小田垣の姿までが、いかにも嬉々《きき》として見えるようであった。

「先生はそんなふうに、想像しているってことですか」

意地悪そうに受け取られることを承知のうえで、水木警部補は上目遣《うわめづか》いに小田垣を見据えた。

「想像……？」

水木の顔があまりやさしくないことに、小田垣は気づいたようだった。

「まもなく自由な身になれる、という想像ですよ」

水木は、ニコリともしない。

「どうして、想像なんですか。ぼくはまもなく、釈放されて自由な身になる。これは事実であって、想像なんかじゃない」

心外だというように、小田垣は大きく目を見開いた。

「先生を釈放するって、松坂検事が言ったんですか」

水木の口調は、冷ややかであった。

「そうは、まだ言っていない。だがね、釈放するのが当然じゃないか」

「なぜです」

「ぼくを、起訴できないからですよ。三日後の二十九日までに起訴手続きを終えなければ、ぼくを釈放しなければならない。刑事訴訟法《けいじそしょうほう》で、そのように定められている」

「三日後までに間に合わなければ、松坂検事は勾留期間の延長を請求しますよ」

「そんな馬鹿なことが、できるはずはないだろう」

「どうしてですか」

「ぼくを勾留する理由も、必要性もないからだ。そういう場合、裁判官は請求を却下して、直ちに被疑者の釈放を命ずることになっている」

「先生にはまだ勾留する理由も、必要性もあるんですがね」

「いったいどこに、そんな理由や必要性があるんだね」

「先生は、小田垣悦也殺害事件の被疑者なんです」

「あのね、水木さん。ぼくは事件に、何の関係もないんです。全日空のスチュワーデスやホテル北界のフロント係の証言を、あんたはどう考えているんですか。松坂検事だって、小田垣さんには完全にアリバイが成立するって、はっきりと認めたんですよ」

「そういうふうに認めても、おかしくはないでしょうね」

「アリバイが完全に成立する被疑者なんて、どこの世界にいますかね。疑う余地もないアリバイが成立したら、即時釈放っていうのが警察の常識でしょう」

「もちろん、そうでしょうな」

「だったらどうして、ぼくを即時釈放しないのかね」

「それは、わたしの取調べがまだすんでいないからです」

「何だって……」

「わたしの取調べの結果、先生にはアリバイが成立するってことになれば、松坂検事も起訴を断念します。もちろん先生は、即時釈放です」

「すると、何かね。水木刑事による取調べが終了するのを、松坂検事も待っているってことなのか」

「当然、そういうことになります。わたしが、先生を担当する取調官なんだから……」

「それならそれで、あんたにも急いでもらわなければ困る」

「ところが、いろいろと事情があってトントン拍子には運んでいない。先生に対する取調べは、ほとんど進んでいないじゃないですか。手を焼かさずに協力し合えば、取調べはすぐに終わるんです」

「そういう意味じゃなくて、あんたも松坂検事のようにぼくの完璧なアリバイってものを、早々に認めなさいってことですよ。それともあんたは、ホテル北界のフロント係や全日空のスチュワーデスの証言を、無視するつもりなんですか」

「無視することもないし、正しい証言だと信じてもいます。ただ、わたしの見方によると、先生のアリバイには関係のない証言ってことになるんですよ」

水木はデスクの端に左右の肘《ひじ》を突き、軽く握った両手を頬にあてがう。

「それは、どういうことなんだ」

小田垣はメガネを、デスクのうえに投げ出した。

「ホテル北界のフロント係も、全日空のスチュワーデスも証人として事実を述べている。ただし、それらは先生のアリバイに関する証明にはなっていない。いわば、見当違いの証言です」

水木の冷たい表情は、変わっていなかった。

「あんたはいったい、何を言っているんだね」

頭上の電気が消えたように、小田垣の顔色が変わった。

「実際に、先生のアリバイを証明できる人間なんて、どこを捜そうとひとりもいないんですよ」

水木は、そっぽを向いた。

「あんたは、ぼくに喧嘩《けんか》を売るつもりか。ぼくを怒らせれば、どういうことになるかわかっているんだろうね」

小田垣は、立ち上がった。

「どういうことになるんです」

「あんたみたいにムチャクチャで、誠意のない取調官にはいっさい協力できない。確かなアリバイを故意に斥《しりぞ》けて、即時釈放を妨害するという暴挙にも抗議して、今後ぼくは断固として完全黙秘する！」

語調が激しいせいか、小田垣はやたらと唾《つば》を飛ばした。

7

再び小田垣を、激怒させてしまった。もっとも成り行きが不利になると、録音テープか黙秘のロボットに変身するのだから、決して水木の責任ではない。

だが、現実問題として、黙秘というのは厄介《やっかい》である。取調官が何よりも困るのは、この黙秘という抵抗だった。取調べが完全にストップしてしまうし、物的証拠の存在を聞き出すことも不可能になる。

小田垣は、その黙秘を実行に移した。前回のように、録音テープよろしく同じ言葉を繰り返すということもしない。水木の質問に対して、うなずいたり首を横に振ったりもしなかった。

何を訊いても、反応がない。息をしているから、死んではいないとわかるようなものである。石像のように、無言の行《ぎよう》を続ける。水木の前に、すわっていないのと変わらない。

水木が口にすることは、すべて独り言に終わる。

だからといって取調べを中止して、小田垣を留置場へ戻すわけにはいかない。万が一、応答があるかもしれないからと、水木は我慢強く質問を繰り返す。しかし、聞いてもいないように、小田垣からの返事はない。

正午になった。

だが、小田垣は昼食を拒否した。食欲がないし吐き気もすると、このときだけは口をきいた。午後からの取調べも、水木の独り相撲であった。小田垣の完全黙秘の意志と姿勢は、少しも変わらなかった。

午後五時に、取調べを打ち切った。

疲れたのは、水木と御子柴のほうだった。すぐには、2号取調室を出る気になれなかった。御子柴刑事が、缶コーヒーを持ってきた。

「参りましたね」

御子柴刑事は、ヘッヘッへと妙な笑い方をした。

「だけど敵さんも、アリバイの証人なんていないっていう指摘には、かなり参ったらしい。とたんに怒り狂って、完全黙秘を宣告したもんな」

水木は缶コーヒーに触れたが、いつもより熱かったので手を引っ込めた。

「あれは、必殺のストレートパンチだったですよ」

「だからこそ敵は、あわてて完全黙秘に切り替えたんだ」

「それにしても、敵は忍耐強い。青白きインテリにしては、いい根性してますよ」

「明日も、完全黙秘だろう」

「明後日もでしょう」

「明日、明後日とダンマリを決め込めば、その翌日は二十九日だ」

「勾留期間が、切れますね」

「それが、敵の狙いだ」

「小田垣は二十九日になれば釈放されるって、本気で思っているんですかね」

「おれにアリバイを認めないって言われるまでは、自信満々だったんじゃないのか。完璧なアリバイがあるってことで検事は起訴できない、裁判官は勾留の延長を認めない、したがって二十九日には必ず釈放されるって、敵は決めてかかっていたんだろうな」

「水木さん、小田垣のアリバイは崩れたんでしょう」

「うん。崩れたというより、アリバイは最初から存在しなかったんだ」

「アリバイが、存在しない……？」

「存在しないんだから、教授のアリバイなんて成立しっこない」

「そういうことになると、さっぱりわからないんですがね」

「もう少しすれば、補助官には真っ先にわかるはずだ」

「水木さんには、すべて読めている。完璧なアリバイがあるという小田垣の主張も、水木さんだったら簡単に打ち砕くことができる。それなのに水木さんはなぜ、そのことに触れようとしないんです」

「おれの読みには、絶対的な裏付けがない。そのために教授から、想像にすぎないと言われる恐れがある。だから切り札というものは、もっと大事にしておきたい」

「いつまで、大事にしておくんですか」

「一挙に、敵の城を攻め落とす。切り札とは、そういうときに使うもんさ」

「そうか。これがチャンスと見ると、一気に真剣勝負で決着をつけるっていうのが、落としの達人の得意技だからな」

「その真剣のときを、おれは来月の三日と四日に定めている」

「小田垣の勾留の延長請求、必ず認められるんでしょうね」

「大丈夫、必ず認められる。そのことで、おれは松坂検事と話し合うつもりだ」

「勾留延長が認められたら、小田垣はガックリくるでしょうね」

「目の前が、真っ暗になる。絶望感から、弱気になる。心理的に落ち込んで、闘争心を失う。秋風が、身にしみ入る。そうなったときが、チャンスだ」

「じゃあ、真剣勝負は勾留延長が、認められてからですね」

御子柴刑事は、コーヒーの缶の底を天井に向けた。

「そういうことになる。それまでは教授と、木剣で打ち合っていてかまわない」

水木は自分の缶コーヒーを、御子柴刑事の前に置いた。

「いただきます」

御子柴は栓《せん》を抜かずにコーヒーを飲もうとして、照れ臭そうにペロリと長い舌を出した。

水木は思わず、吹き出していた。笑いながら水木は、自分に余裕があることに気がついた。数日前までの焦りが、どこかに消えてしまっている。松坂検事に二日も小田垣を横取りされたことで、本部長に激しく抗議したのが嘘のように感じられる。

いまはもう二、三日、小田垣と木剣で打ち合っていてもいいと、不思議に落ち着き払っている。それは、そもそも小田垣のアリバイなど存在しないという指摘が、予想以上に効果的だったためだろう。

そのひと言で、小田垣は取り乱した。血相も変わったし、突如として黙秘という作戦に転じた。それで水木も、どうやら壁を崩せそうだという自信を得たのである。

当然、相手のいることだから、間違いなしという答えは出せない。

小田垣は知らぬ存ぜぬで、最後まで落ちないかもしれない。

勝敗は五分五分だという不安も、水木の胸のうちから消えることがない。

十一月四日というタイムリミットを考えると、いまもなお腹が痛くなる。

そのタイムリミットを超えたときには、辞職するという覚悟にも変わりはない。

しかし、少しも焦っていないことは、確かであった。結果は二の次にして、小田垣をひたすら追いつめる。半分でも壁を崩せれば、それでよしとしようと開き直っている。勝敗はともかく試合に打ち込む、という剣士の心境に近づいているのだろう。

翌日は十月二十七日、水曜日。

この日も八時間ほど、水木と御子柴は小田垣の沈黙戦術に付き合わされた。

十月二十八日、木曜日。

この日も、同じくであった。

十月二十九日になった。午前九時に、小田垣は三日ぶりに口をきいた。緊張している様子はないし、表情も穏和《おんわ》である。三日間にわたる完全黙秘が効を奏した、という満足感を小田垣は覚えているらしい。

「今日いっぱいで、十日間の勾留期間がいちおう切れますね」

水木は、白い歯をのぞかせた。

「いちおう、という言い方はおかしい。今日で勾留期間が、完全に切れるんですよ」

小田垣も、笑みを浮かべた。

「検事から、そう言われましたか」

左目尻のホクロに、水木警部補は指を触れた。

「言われるとか、言われないとか、そんなことじゃありませんよ。最も肝心な水木取調官の取調べも、この三日間の黙秘でまったく進んでいない」

「そうですね」

「この十日間、ぼくはほとんど具体的なことを話していない。つまり、ぼくの供述はゼロに等しい」

「どうやら、そのようですな」

「ぼくが殺人犯だとしたら、息子をなぜ殺したのかという動機、それから凶器の隠し場所も自供していなければならない。ところが、そういうぼくの供述はないときている。逆に、ぼくのアリバイの証人ばかり何人もいる。これではいかに優秀な検察官だろうと、起訴状の一行だって書けないでしょう」

「先生、本格的な取調べはこれからだって、わたしは思っているんですがね」

「それはどうも、残念でしたな。ぼくはもう二度と再び、あんたと会うことはありません。明日になったら、さよならです」

「さよならできると、いいんですが……」

「今日は佐賀地方裁判所に、弁護人が強く抗議しますしね」

「ほう。やはり、弁護人を選任したんですか」

「佐賀の司法機関があまりにも無茶なんで、自衛のためにしかたなく東京の超一流の弁護士を頼んだんです」

「その弁護人が、裁判官に何を抗議するんですか」

「不法逮捕、不法勾留、人権侵害の疑いがあるとして、その取り消しを求めての準抗告《じゅんこうこく》です」

「ご苦労なことですね」

「あんたも、長いあいだご苦労さんでした。それに、御子柴刑事も……」

「話は違いますが、光秀という先生の名前は、叔父さんが付けられたんだそうですね」

「ええ。父の末弟が、名付け親です。当然、明智《あけち》光秀を意識して、光秀と付けたんだそうです。べつに自慢するわけじゃありませんが、ぼくという生まれたばかりの赤ン坊の人相を見て、これは正義を重んずる知識人になると、叔父は直感したんだそうです」

「それで、光秀という名前を思いつかれたんですか」

「明智光秀というと天下の謀叛人《むほんにん》、歴史を変えた裏切り者といまでも嫌われていますが、叔父は明智光秀の熱烈なファンでしてね。明智光秀は現代でも一流の知識人、教養人として通用するインテリで、しかも信長《のぶなが》を殺したのは正義に殉《じゅん》ずるためだったというのが、叔父の持論というやつでしたよ」

「それで先生に、光秀という名前を……」

「正義に生きる知識人になれ、ということでしょう」

小田垣は胸を張り、両手を膝のうえに置いて、急に武将のような姿勢になった。

「わたしは明智光秀となると、やはり許せないほうでしょうね。謀叛や裏切りは、正義じゃありません。わたしがあの時代の武将だったら、不正な人間といえる明智光秀を討ち滅ぼしますよ」

水木は、小田垣を凝視した。

「するとあんたは、さしずめ秀吉《ひでよし》ってところだな」

小田垣は、鼻で笑った。

「先生が光秀で、わたしは秀吉。この両者の合戦《かっせん》、どっちが勝ちますかね」

水木警部補の顔には、冗談を言っている和《なご》やかさがなかった。

「歴史とは違う」

小田垣は、露骨に渋面《じゅうめん》を作った。

「ですが先生、山崎《やまざき》の合戦はこれから実際に始まるんですよ」

水木は、身を乗り出した。

「今日も話は、ここまでです。これからは、黙秘します」

小田垣は目を半眼《はんがん》に開いて、瞑想《めいそう》にふけるような顔つきになった。

今日一日、取調べが進まなければ検事も刑事も、収穫なしに終わる。もう一日、黙秘で通せば何とかなる。勾留延長など不可能だと、『へ』の字に曲げた小田垣の唇が物語っていた。

小田垣の頑《かたく》なな沈黙が続き、ついに十月二十九日も暮れた。

翌日、佐賀地方裁判所で小田垣に対する形式的な勾留尋問が行なわれた。

また佐賀地方裁判所の担当判事は、小田垣の弁護人による準抗告と即時釈放の請求を却下した。

そして佐賀地方裁判所の担当判事は、小田垣の十日間の勾留期間の延長という松坂検事の請求を認めた。

裁判官が、勾留期間を延長するのに『やむをえない事由』としたのは、次の五点ということになる。

第一に、三日間を病人として過ごし、十日の勾留期間が実質的に七日になったこと。

第二に、被疑者が黙秘などで取調べや供述に、ほとんど応じていないこと。

第三に、被疑者にはなお、逃亡並びに自殺の恐れがあること。

第四に、被疑者が状況証拠をはじめ、疑わしさを否定する事実を何ひとつ明らかにしていないこと。

第五に、被疑者が主張するアリバイが、不確定であること。

この五つの事由のうちで、どれよりも決定的だったのは第五のアリバイである。これについては水木警部補が、『小田垣のアリバイはそもそも存在するものではなく、われわれを錯覚させる仮説に基づいている』と説明し、松坂検事を納得させたのであった。

そのために松坂検事も、勾留期間の延長が可能と自信を抱いたのだ。

第四章　褌《ふんどし》の勝利

1

自由の身になれるというのは、夢に終わった。即時釈放になるなど、東京の一流弁護士だろうと力は遠く及ばない。水木警部補にさよならどころか、小田垣はまたしても佐賀中央署の留置場へ戻ってきた。

小田垣は、絶望感に打ちのめされる。全身の力が抜けて、放心状態になる。それに加えて、あと十日となるととても持ちこたえられないだろう、という恐怖と不安があった。とても、生きた心地はしない。小田垣は、頭が変になりそうだった。

そうした心痛から、小田垣は再び病人になる。

頭痛が激しく、吐き気がして、息苦しいという症状が現われる。医師が診察した結果、肉体には異常なしということであった。心因性の病気であった。

軽い神経症が動悸《どうき》・息切れ、吐き気、頭痛を引き起こす。精神を安定させて、気分を落ち着かせれば自然に治癒《ちゆ》する。精神安定剤と睡眠薬を与えて、二日も気持ちを休ませれば、完治するという医師の診断だった。

水木警部補は十月三十一日、十一月一日と取調べを中止することにした。

「最初から、二日も無駄にするのかね」

「勾留期間の再延長は認められないんだから、じつに貴重な二日間だよ」

捜査一課長と古賀管理官が、心配そうに小首をかしげた。

「しかし、被疑者がノイローゼでは、確かな取調べになりませんから……」

水木警部補は、古賀管理官に首を振って見せた。

「それはそうなんだけど、小田垣が四日も五日もよくならなかったらどうするのか。それが、心配だね」

古賀管理官は、水木の片方の肩を揺すった。

「明日と明後日で、大丈夫です。その二日間で、小田垣は心の整理がつきますよ」

「心の整理がつけば、正常に戻るんだったな」

「なにしろいまは、天国から地獄へ真っ逆さまってところですからね。頭も心も、混乱して当然です」

「たったの二日で、気持ちの整理がつくもんだろうか」

「教授はああ見えても、したたかで変わり身も速い。これではまずいと思えば、すぐに態勢を立て直します」

「負けないためには、挑戦してくるか」

「挑戦というのは取調べに応じて、わたしを論破することですからね」

「うん」

「一方で、二日間も取調べの呼び出しがなければ、逆に小田垣は不安になるでしょう。不安は人間を、弱気にしますからね。それも、わたしの狙いのうちにはいっています」

「弱気にしておいて、一気に攻勢をかけるか」

「わたしは十一月の二日、三日、四日と、勝負に出るつもりです」

水木は自分を励ます思いから、上司の前でそのように明言した。

「頼もしいな」

古賀管理官は、ホッとした表情に戻っていた。

十一月二日になる。水木にしてみれば、勝負に出る最初の日であった。水木の見通しに狂いはなく、正常な小田垣と変わらなかった。医師からも、心身ともに異常なしとのお墨《すみ》付《つき》をもらった。

水木と御子柴が2号取調室にはいると、すでにデスクの向こう側に小田垣が立っていた。今日の小田垣は、黒に近い紺のスーツを着ていた。

ワイシャツは、青である。髪の毛が整っているし、髭も剃り落としている。水木と新たな戦いを始めるにあたっての身嗜《みだしな》みか、それとも切腹を覚悟の死《し》に装束《しょうぞく》のつもりなのか。何のためのオシャレなのか、水木にはわからなかった。

小田垣の腰縄と手錠を持った刑事が、2号取調室を出ていった。

しばらくのあいだ、水木と小田垣は見つめ合った。

また会いましたね、なぜ釈放にならなかったのか、当分さよならはできません、必ず自由の身になってみせる、悪あがきはやめましょう、無実の罪だ——と、余計な言葉は互いに口にしなかった。

そうしたやりとりが、いかに無意味でむなしいかが二人にはよくわかっている。もうこれからは、戦うしかないのだ。そして一方が勝ち、他方が敗れる。その時期の訪れるのを待つ、というのが二人の心境なのである。

小田垣は、痩せていた。顔色は悪くないが、身体がひとまわり小さくなったように見えた。表情の硬さに変わりはないにしろ、目つきの険しさがいくぶん消えていた。

水木に対して、親しみは示さない。しかし、小田垣から水木への憎しみ、怒りは感じ取れなかった。大学の教室で多くの学生を前に、いかにも学者らしく講義をする小田垣教授を、水木は初めて見出《みいだ》したように思った。

「まあ、どうぞ」

水木は小田垣に、椅子をすすめた。

「今日は、よく晴れているようですね」

窓のほうへ目をやりながら、小田垣は椅子を引き出した。

「明日は、文化の日ですからね。文化の日は、必ず晴れるでしょう」

午前十時という時間を、水木警部補は目で確かめた。

「明治節《めいじせつ》といったころから、十一月三日は雨が降らなかった」

小田垣は、椅子に尻を落とした。

「それにしても、またもや休日って感じだな」

このところ無縁の行楽の人出を、水木は目に浮かべていた。

「まったく、休日が多すぎる。休日が多いことは、疲れる人間と怠け者を増やすほかに意味がない」

「明日あたりは、菊の花や菊人形を見に行く人が多いでしょう」

「花は、いいですね。もっとも、ぼくはキク科となるとあまり興味がない」

「どうしてです」

「キク科は双子葉植物綱《そうしようしょくぶつこう》の中では最も進化しているんですが、なにしろ種類が多すぎる。世界だと、二万種はありますからね」

「二万種ですか」

「日本でも、三百六十種です。なぜか植物学者というものは、種類が多すぎる科だと興味が薄れてしまう」

「日本人の姓っていうのにも、また植物が多いんですね」

「多いですよ」

「自分の姓となるとなおさら気がつかないんですが、わたしの水木姓だってレッキとした植物でしょう」

「水木だったら、一般的な植物だ。日本全土に分布していて、山に多い落葉高木です。花期は、五月から七月でしょう」

「白い四弁《しべん》の花が咲くってことだけは、知っているんですけど……」

「ミズキ科は、種類があまり多くないから好感が持てる」

「ミズキ科の種類は、どのくらいあるんですか」

「世界だと百種類ぐらいだけど、日本では八種類でしょう」

「キク科よりだいぶ少ないんで、安心しました」

「小田垣の小田だって、植物とは無縁じゃないんですよ」

「そうなんですか」

「小田というのは、田のことでしょう。むかしは陰暦九月のことを、小田刈月《おだかりづき》といったんですがね。小田刈とは、田の稲を刈るという意味ですよ」

「稲を刈るんじゃなくて、田を刈ると表現したんですね」

「小田垣というのは、田の囲い、田の垣根ってことなんですかね」

「先生が目を細めるとなると、高山植物なんでしょうね」

「そう。よく知られているものをいえばエゾオヤマノエンドウ、大形のクロユリ、ミヤマオダマキ、ヒダカソウ、チョウノスケソウ、クモイリンドウ……」

「全部、北海道の高山植物ですか」

「ミヤマオダマキやチョウノスケソウは本州でも見られるけど、あとはみんな北海道の高山植物ですよ」

「北海道の高山植物の観察には、久子夫人も一緒によく行かれたんですか」

水木は椅子を引き寄せて、デスクとの間隔を詰めた。

「そうですね」

一瞬、小田垣の目が忙《せわ》しく動いた。

どうでもいいような植物の話ではなくて、水木はいきなり小田垣の二人目の妻の久子を登場させた。

そうなれば、いよいよ取調べが始まっていると察しがつく。そのために、小田垣は緊張したのにちがいない。

「先生は久子夫人と仲がよすぎるほど、行動をともにしていたんでしょうね」

水木の顔には、どこを捜しても笑いがなかった。

「北海道へは、よく一緒に行きましたよ。久子が北海道で生まれ育って、実家も苫小牧にありましたから……」

それが演技かどうかはともかく、小田垣は過去を懐かしむように遠くを見やる目つきになった。

「先生はお嬢さんと、よく話し合ったことがありますかね」

水木は、また話を変えた。

「美鈴とですか」

これで完全に雑談は打ち切られたと、小田垣は警戒の色を強めていた。

「久子夫人との再婚について、もちろん美鈴さんと話し合いましたね」

「何度も、話し合いましたよ」

「美鈴さんは、久子夫人との再婚に反対したんでしょう」

「賛成はしませんでした」

「その理由は……」

「年の違いです。つまりお母さんと呼ぶには、久子が若すぎるってことですよ」

「ですが結局、美鈴さんは妥協した。美鈴さんが土山氏と結婚して小田垣家を出てしまうまでは、久子夫人を小田垣家へ入れてくれるな、という条件付きの妥協案です。先生は、その妥協案に応じた」

「ええ」

「美鈴さんは、結婚して実家を去った。そのあとの小田垣家に、今度は先生の新妻の久子夫人が嫁入りした」

「ええ」

「土山美鈴となってからのお嬢さんは、ほとんど実家に出入りしなかった。よほどのことがない限り、小田垣家に近づくこともなかった。当然、美鈴さんは久子夫人と、顔を合わせることにもならない」

「ええ」

「会うこともないし、口をきく必要もない。そうなれば、見も知らない赤の他人と変わらない。人間は見知らぬ赤の他人とだったら、揉《も》めない、争わない、喧嘩しない、腹を立てない、憎み合わない」

「そうでしょうね」

「要するに美鈴さんは、争いたくないから遠ざかったんです。無事でいたいから、関係のない人間になったんです」

「美鈴は性格的に冷静というより、冷淡で冷酷でしたから……」

「そうですかね、先生。美鈴さんは自分のそういうやり方を、わたしは賢明だったからと言っていましたよ」

「美鈴が自分で、そう言ったんですか」

「じゃあ賢明でない人間は誰だったのかって、美鈴さんは言いたかったんでしょうね。もちろん、悦也君のことですよ」

「悦也がどうして、賢明でなかったということになるんですか」

「悦也君も、先生と久子夫人との再婚には反対だった。それも美鈴さんとは、比較にならないほどの猛反対でしたね」

「男の子とは、そういうものでしょう」

「話し合いの余地などなかった。先生がいくら話し合いを望んでも、悦也君は耳を貸さない。先生が頭を下げて頼んでも、悦也君はひたすら怒鳴り散らすだけ。聞いたところによると、甘やかされて育った悦也君は自己中心でわがまま、そのうえテニスのチャンピオンだからって自信過剰、親に対しても問答無用だったそうですな」

「悦也は徹底して、お母さん子でしたね。母親の静香も、悦也なしでは夜《よ》も日《ひ》も明けぬという可愛がりようでね。悦也は甘えると同時に、母親を理想の女性像に当てはめていたのかもしれません。そのせいか悦也は幼時のころから、父親のぼくにわけもなく反感を持っていたようですよ。やはり、エディプス・コンプレックスというやつでしょうな」

「先生は悦也君が幼いころから、いろいろな面で手を焼いたってことですね」

「ぼくはぼくなりに父親らしい父親として、悦也と接することに努力したつもりです。しかし、どこかで捩《よじ》れてしまった父と息子の関係というのは、修復不能といっていいくらい難しいもんでしてね」

「いつの間にか、それが当たり前みたいになった父子間の距離というものは、いつまでたっても縮まらない。それに加えて、やがて先生と悦也君のあいだには、埋めようのない亀《き》裂《れつ》が生じることになる。まずは、最愛の実母が亡くなります」

「静香の死は悦也にとって、超大型の台風といえましたね」

「生涯最大の悲劇に見舞われて、悦也君は更に人が変わった」

「年齢という点でも、最悪でした。静香はまだ四十四歳という若い母親だったし、悦也は十七歳でいちばん感じやすい年ごろの少年でしたからね。悦也は一週間、泣きつづけました。それに悦也は半年ほど、誰とも口をききませんでしたよ」

小田垣は、目頭《めがしら》を押えた。

「ショックだったんですねえ」

水木はふと、被疑者を相手とする取調官の立場を忘れていた。

ひとりの男の悲しい述懐《じゅっかい》を、しみじみと聞かされているように錯覚しかけたのであった。

2

実母の静香の死が、悦也をテニスだけに打ち込ませた。

およそ学者の息子らしくなく、勉学には身がはいらない少年となった。そのために、二年も、浪人した。父親が教授であり、テニスで全国的に名を知られているという二つの利点がなかったら、悦也の東都大学入学は不可能だっただろう。

悦也はテニスを抜きにしたら、ただの孤独な変人にすぎなかった。友人もテニス仲間しかいないし、恋愛などには関心も示さない。女嫌いと冷やかされるほどで、ガールフレンドのひとりもいなかった。

それでも家の外にいるかぎりは、非常識な言動を控えていたらしい。その代わり、内面《うちづら》が極端に悪かった。家族と、顔を合わせたがらない。用がなければ、口もきかない。外食することが多く、家にいれば自分の部屋に引きこもっている。

とくに悦也は、父親を煙《けむ》たがった。まるで邪魔者か嫌悪の対象といった扱いで、悦也は父親との接触を避ける。父親の在宅中は、逃げ回るようにしていた。

そして、以前よりも大型の台風が、発生する。

父親の恋愛であった。

実母の静香が死んで約二年後に、父親の小田垣光秀は北海道の襟裳岬で白坂久子と知り合う。最初のうちは、ともに北海道の高山植物を愛する友人同士でいた。だが、しだいに男と女を意識し合うようになり、一年後には恋愛関係へと進んだ。離婚歴のある白坂久子は、互いの年齢も考慮して結婚を望まなかった。そのために一年間は、秘められた男女の仲が続く。

しかし、セックスを通じて肉体が熟しきると、離れて暮らすことが苦痛になる。東京か北海道でたまに会うことに、惨《みじ》めさを覚えた。一緒に生活したいという願望が、男と女を情熱的にさせた。

二人が結婚を決意したのは、三年前のクリスマスだった。小田垣光秀は五十二歳、白坂久子は三十六歳になっていた。このときから、小田垣光秀は子どもたちの説得に全力を尽くす。

美鈴も悦也も、反対であった。半年間は反対というだけで、話し合いにもならなかった。だが、美鈴には結婚のときが迫っていて、近々この家を出ていくのだからという逃げ道がある。

美鈴が父親の再婚に反対する最大の理由は、十二しか違わない白坂久子を母親にしたくないということだった。しかし、絶縁状態にあれば義母でもない他人だと、割り切ることができる。

美鈴はそこに、妥協点を見出した。自分が結婚するまで待つという条件付きで、美鈴は反対を引っ込めたのである。そのときから悦也は怒りを態度に表わし、荒れ狂うようになった。

美鈴は悦也に、別居をすすめた。悦也がマンション暮らしをすれば、この家は新婚夫婦二人だけの住まいとなる。だから父親も喜んで悦也の生活費を出してくれると、美鈴は弟にそこまで言って聞かせた。

ところが悦也は、頑として聞き入れない。白坂久子が父親の妻になれば、実母の静香に寂しい思いをさせる。白坂久子をこの家に住まわせれば、静香の魂を冒瀆《ぼうとく》することになる。と、悦也は言い張るのだった。

美鈴は、大人になりきれない弟の相手はしていられないと、ついに悦也を見限った。一昨年の十月に美鈴は土山大輔と結婚して、小田垣家を去り新居へ移住する。

小田垣光秀も、延々と息子ひとりに振り回されてはいられない。美鈴との約束も果たしたことだし、小田垣光秀は白坂久子との結婚を強行する。

昨年の四月に挙式も披露宴も省略して、白坂久子を入籍するだけの結婚をすませた。悦也は家に寄りつかずに、テニスの合宿所で過ごすことが多くなった。

それでも十日に一度は帰宅する。悦也は、久子と顔を合わせまいと気遣う。たまたま家の中で鉢合わせをしようと、悦也は挨拶もしない。徹底して、久子を無視する。

久子のほうから声をかけようものなら、悦也は憎悪の目を向ける。一度、悦也が久子を怒鳴りつけたことがある。そのとき悦也が吐いたのは、『おれはあんたなんか、どこの誰だかも知らないんだ』という言葉だった。

その久子も、まもなく死ぬことになる。久子が妻として夫婦として小田垣家に住んだのは、わずか十一カ月にすぎなかった。

今年の二月、久子は思わぬ事故からこの世を去る。さすがに美鈴は久子の通夜《つや》と告別式に顔を出したが、悦也はついに姿を見せることもなかった。

「まあ、こういった事情だったんですが……」

小田垣は、両手で顔を覆った。

「いまとなっては一日も早く、忘れてしまいたいでしょうね」

水木は、溜息をついた。

「とくに久子のことは、思い出すのも辛いんです。でも、いまだって目をつぶると、久子の笑顔がはっきり浮かんでくるんですよ。北海道の美しい景色をバックに、久子はいつも笑っていましてね」

小田垣は、泣き声になっていた。

「久子夫人はきっと、素晴らしい女性だったんでしょうな」

小田垣は心から悲しんでいると、水木は察していた。

「素晴らしい久子であっただけに、薄倖《はっこう》な女性だったことが悲しくて……」

小田垣は、何とか泣き声を殺している。

「わたしにも、久子夫人がいちばん気の毒に思えますね」

水木はティッシュペーパーの箱を、小田垣の前に押しやった。

「ですけど、水木さん。何だってこんな話を聞きたがったり、ぼくに喋らせたりしたんです」

小田垣は顔から、徐々に両手を取り除いた。

「重大なことなんでね」

涙に濡れているが、小田垣はもう泣いていないと水木は見た。

「何が、重大なもんですか。こんな話、事件に関係ないでしょう」

「いや、ありすぎるほどですよ」

「雑談じゃないんですか」

「とんでもない。ですから話をもっと先へ、進めてもらいますよ」

「久子が亡くなったことで、この話はもう終わりです。先なんて、ありません」

「だったら、訊かれたことに答えてください。悦也君にとって実母の静香さんは、この世で最愛の女性であり、理想の母であり、絶対的な存在だった。それなのに悦也君はなぜ、静香さんのお墓参りをいやがったんですかね」

「それは、ぼくに対する怒りであり、いやがらせだったんですよ」

「父親への怒りとは、別問題でしょう。いくら父親に腹を立てていようと、最愛の人のお墓参りとなれば渋ることにはならないと思いますよ」

「悦也は、ぼくを不純だと攻撃したんですよ」

「不純……」

「人間として不純であり、精神的に不潔で薄ぎたなくて、汚《けが》れているってね」

「なぜなんですか」

「去年の十月九日にこそ、お母さんの七回忌の法事を盛大に、執り行なわなければならなかった。ところが去年の十月には、あの女が新しい女房として家にいた。断わるまでもありませんが、あの女とは久子のことです。それで、あんたはあの女に遠慮して、お母さんの七回忌を見送って菩提寺へのお布施だけで誤魔化した」

「あんたとは、先生のことですね」

「最近の悦也は、ぼくのことを〝あんた〟と呼ぶようになっていましてね」

「親に反抗したがる子どもは、対等だということを強調したくって、〝あんた〟と呼ぶんです」

「だけど、今年はあの女がいないときている。遠慮する必要もないし、堂々とお母さんの墓参りができる。とたんに、あんたはお母さんの墓参りに佐賀へ行こうと強引におれを誘い出した」

「それが人間として不純であり、精神的に不潔だってわけだったんですね」

「そうなんです。人間らしい魂に欠けていて、計算に基づいての行動しかできない。生きている女には遠慮するけど、死んだ女の魂は平気で無視する。そういう薄ぎたなさが、気に入らないって……」

「しかし、先生は三日がかりで説得して、悦也君も佐賀までは来る気になった」

「佐賀県には嬉野って温泉があるんだって、悦也はよく静香から聞かされていたらしいんです。それできっと、悦也は懐かしかったんでしょう。嬉野温泉にも一泊しようという話になったら、悦也も渋々ながらその気になりましてね」

「それでとにかく悦也君は、十月八日に先生と二人で東京を出発した」

「ええ」

「同じ日の午後四時に二人そろって、ホテル・ニューグランド佐賀にチェックインしましたね」

「ええ」

「お墓参りは、翌九日だった。その九日に二人一緒に西玄寺へ足を運んで、お墓参りをすませて嬉野温泉へ向かっていたら、何事も起きなかったかもしれませんな」

「さあ、どうだったでしょうか」

「一度はその気になって佐賀のホテルまで来ておきながら、またしても悦也君が突如としてお墓参りを拒否したのは、どういうことだったんでしょうね」

「ぼくが悦也の口から聞いた拒否の理由は、次の三つから成り立っていました。第一に、おれはいま眠くてしょうがないし、着替えもしたくない。第二に、おやじはおやじの好きなようにすればいいだろう。第三に、おふくろさんの墓参りにはおれひとりで行きたい、あんたと一緒ではおふくろさんに申し訳ない。この三つです」

「なるほど悦也君の言い分とすれば、道理みたいにも受け取れますね。しかし、そう言われたからって、先生もすごすごと引き下がったりはしないでしょう。当然そこで、父子の争いになりますね」

「さあ、争いと言えますかね。ぼくは例によって、悦也を説得にかかります。それに対して、悦也の答えはノーです。そんなことを五、六回も繰り返せば、ぼくは怒るよりも投げ出すほうですね。こりゃ駄目だって諦めて、さっさと引き揚げますよ」

「ですがね、先生。そういうときに何かあれば、先生だってカーッとなるでしょう」

「何かあればって、何か起こりうることがありますか」

「つまり、許し難いことですよ」

「何も特別なことは、起きなかったみたいですよ」

「先生は、電話では埒《らち》が明かないってんで悦也君を説得に、五一二号室へ押しかけていったんでしたね」

「ええ」

「お墓参りに行くの行かないのって父子の綱引きが始まったのは、そのとき、つまり十月九日の朝が最初だったんですか」

「そうですよ。それで、ぼくは愛想を尽かしたわが子を赤の他人と思うことにして、ホテルをチェックアウトしようという気になったんです」

「嘘でしょう」

「えっ……」

小田垣は、ギクリとなる反応を示した。

嘘でしょうと水木がさりげなく口にしたことで、小田垣は虚をつかれてのショックを受けたのだ。

「先生と悦也君が言い争ったのは、十月九日の朝が最初だった。こいつは、嘘だってことになりますよ」

水木警部補は、デスクのうえのノートを開いた。

そのノートには、小田垣に関する参考資料が記録されている。それを小田垣に読まれてはならないので、水木は何も書き込まれていないページを捜した。

「どうして、それが嘘ってことになるんですか」

小田垣は早くも、冷静さを取り戻していた。

「犯人は凶器を用意して、五一二号室を訪れているはずです。そうしなければ、悦也君を殺害することはできません。犯人が初めて悦也君と争ったときには、まだ凶器の用意はないと思いますがね」

水木は、鉛筆を手にした。

「そんな話は、ぼくの知ったことじゃありません。それなのに、ぼくが嘘をついているなんて言われるのは心外です」

涙がすっかり乾いている顔に、小田垣はティッシュペーパーをあてがった。

「犯人が悦也君と激しく争ったのは、前の晩のことでしょう。それで犯人は殺意を抱き、その夜のうちに凶器を用意したんですよ。ねえ、先生」

一字も記されていないノートの一ページに、水木警部補は鉛筆で大きく絵を描きはじめた。

3

被疑者の目の前で、絵を描く——。

これは取調べ中に、水木警部補がよく使う手であった。

一種の心理テストである。

水木は決して、絵がうまいほうではない。描かれたものが何であるか、見ればわかるという程度の絵だった。当然のことだが、真剣になったり熱中したりで描く絵ではない。取調べの最中に、画家になるような刑事はいなかった。いたずら書きと、変わらない。だが、それでも被疑者は気になる。何を描いているのだろうかと、絵に目をやらずにはいられない。

そこに描かれているのは、犯行に関連する風景とか品物とかであった。もし被疑者が犯行にかかわりを持っていれば、それなりの反応を示さずにはいられない。そういう心理テストなのである。

「凶器といえば、鉄パイプ状のものだそうですね」

小田垣もチラチラと、ノートに描かれるものに目を走らせている。

「微量の泥が付着していたというんで、屋外で使用される鉄パイプのようですよ」

何を描くのかすぐにわからないように、水木はゆっくりと鉛筆を動かす。

「屋外で使う鉄パイプは、建築現場の足場として組み立てられるやつですか」

「いや、建築現場の足場に使われる鉄パイプは、もっと太くて頑丈です。手で握って人を撲《なぐ》りつける凶器には、とても使えないでしょうな」

「手で握れる鉄パイプって、どういうことに使われるんでしょう」

「ガス管だそうです」

「ガス管……」

「配管されるでしょう、あのガス管ですよ。住宅がほぼ完成すると、ガス会社が配管工事をやる。ガス管に使われる鉄パイプは、必要に応じて適当な長さに切断される。切り落とされた部分は、いろいろの長さの半端な鉄パイプとして残ります。この半端な鉄パイプを、俗に端材《はざい》というそうですよ」

「半端な資材だから、端材なんでしょうな」

「端材となった鉄パイプの中には、長さ六、七十センチのものが何本もあるという話でしたね。まあ、撲殺《ぼくさつ》の凶器に使う鉄パイプとなると、長さ六、七十センチがいちばん手ごろでしょう」

「そうですかね」

「鉄パイプは端材だろうと、工事が終われば残らず持ち帰ります。しかし、配管工事が二日にまたがると、これは当然ひと晩、工事現場に鉄パイプを置きっぱなしってことになりますわね。だから、その晩に端材の鉄パイプの一本ぐらい、誰にだって持ち去ることができるわけですよ」

「そして、それを凶器に利用する」

「そう。じつは先生、それにぴったりの工事現場が見つかったんですよ。ニューグランド佐賀から南へ二百メートル、西玄寺よりも手前になりますが、ちょっと横丁へはいったところに住宅の新築工事現場がありましてね。いまはもう完成して人が住んでいますが、十月八日ごろはまだ完成間際《まぎわ》だったんです。それでちょうど、十月八日と九日にガスの配管工事をやったそうでしてね」

「工事が二日に、またがったんですね」

「そういうことですよ。そのために十月八日の晩には端材を含めた鉄パイプが、現場に置きっぱなしだったという証言がありましてね。夜は無人の建築現場、それも屋外に鉄パイプが置かれていたわけですよ」

「犯人はそこから、端材の鉄パイプを持ち出したんですかね」

「先生は十月八日の晩、ひとりで出かけていますね。ホテルのフロント係の話によると、先生は夜八時に出かけて三十分ほどで戻ってきた。この約三十分の外出で、先生はどこへ行かれたんです」

「べつに、行き先はなかった」

「三十分あれば、二百メートル離れた建築現場までの往復は十分ですね」

「散歩に、出たんですよ」

「雨が降っていたんで、先生はコウモリ傘を手にしていた。フロント係が、そう言っている。雨の中を、散歩したんですか」

「小雨だったからね。それとも雨が降っていたら、散歩してはいけないという法律でもあるのかね」

「まあ出かけた目的が、散歩だったことには間違いないでしょう。雨の中を歩くのは、頭を冷やすためにもいいですからね」

「頭を冷やす……？」

「十月八日の夕食は先生が和食レストランで、悦也君がルームサービスで同じ七時ごろにすませている。そのあと、先生は五一二号室を訪れた。明日のお墓参りについて、打ち合わせをするためだった。ところが、悦也君が墓参りを拒否した。そのことが発端《ほったん》で、先生と悦也君は激しく言い争った」

「下手な想像は、やめてもらいたい」

「悦也君の言動には、どうしても許せないところがあった。先生は激怒して、悦也君を殺してやりたいとさえ思った。このままだと逆上して、ほんとに悦也君を殺すことになるかもしれないと、先生は自分が恐ろしくなった。先生には、冷静になる必要があった。それで、五一二号室を出た」

「つまり頭を冷やすために外出して、雨の中を歩いたってことになるのかね」

「先生はアテもなく、雨の中を歩き回った。しかし、先生は運悪く、完成間際の住宅の建築現場の前を通りかかった。そのとき、地上に転がって雨に光っている端材の鉄パイプが、先生の目についた」

「ぼくはふと、これで人が殺せるって、思ったというんだろうな」

「剣道の達人なら、これは武器になるぞと反射的に思うはずですよ。その発想が、悦也君への怒りと結びついたんです。こいつは何かの役に立つと、殺意の一部が蘇ったんじゃないんですか」

「馬鹿げた想像だけど、売れない小説ぐらいにはなるかもしれない」

「先生はその端材の鉄パイプを、あたりを見回しながら拾い上げた。無人の世界で人目がないことも、鉄パイプを持ち帰ろうという気にさせたんでしょう」

「そんなものを手に握って、ホテルの中を歩いたりフロントの前を通ったりできると思うのかね」

「これですよ」

水木はノートを手にして、小田垣の鼻先に突きつけるようにした。

「何だ」

小田垣は、のけぞった。

「見れば、わかるでしょう」

水木は小田垣の前に、ノートを投げ出した。

絵は九分通り、描き上がっていた。芸術性はカケラもないが、写実的な絵は細かく描かれている。それがコウモリ傘に見えない人間は、まずいないはずであった。

「つまらない絵だ」

ハッとなった目を、小田垣は右斜めに向けた。

それっきり二度と、コウモリ傘の絵を見ようとはしない。反応は、明らかだった。小田垣は、コウモリ傘によって動揺した。小田垣の犯罪は、コウモリ傘と深いかかわり合いを持つ。

心理テストは、成功した。

「ホテルへはいる前に、鉄パイプをつぼめたコウモリ傘の中に差し入れる。そうすればコウモリ傘を持っているんだって、怪しむどころか気にかける者もいませんよ」

水木は、ノートを引き寄せた。

「想像による質問は、もうたくさんだ。ぼくが鉄パイプを、コウモリ傘の中に隠したという証拠がどこにある」

小田垣の額に、青筋が走っていた。

「悦也君を殺害後にホテルを出るときも、先生は鉄パイプをコウモリ傘の中に隠していた。そのために、血痕《けっこん》がコウモリ傘に付着した。これは重要な物的証拠になるってんで、先生はスーツやネクタイと一緒にコウモリ傘も、襟裳岬から海の中へ投げ込んだ」

水木の口調が、鋭さを増していた。

「端材の鉄パイプが一本減っているって、工事関係者の証言があったのかね」

小田垣の声も、大きくなっていた。

「端材まで一本一本数えていないから、そいつはわからんそうですよ」

「ぼくが建築現場から鉄パイプを拾ってきたなんて、何の証拠もないことじゃないですか。証拠もないのに、よくもそんなことが言えたもんだ。あんたの話は何もかも、デッチ上げか想像じゃないか」

「知らぬ存ぜぬは、いつまでも続くもんじゃありませんよ」

「確かにぼくと悦也は、断絶しきった父子だった。二度と肉親に戻れないほど、互いに心が冷えきっていた。赤の他人以上の他人、仇敵《きゅうてき》同士といってもよかった。悦也はぼくを憎み、ぼくは悦也に怒りを感じていた。ぼくにとって悦也は、この世でいちばん許せない人間だったかもしれない。ぼくと悦也は父子でありながら、不倶戴天《ふぐたいてん》の敵同士だった。悦也が死んでも、ぼくは悲しくない。涙の一滴も、こぼさなかった」

「そうでしょうね」

「しかしだ、だからといって急に悦也を殺したくなったなんて、勝手に想像されては迷惑だ。悦也が許せないから殺すというのであれば、今日まで努力したり耐え忍んだりはしない。ぼくはとっくに、悦也を殺しているだろう。あいつが死んでも悲しくないというのと、あいつを殺すというのでは、まったく問題が別なんだ。いいかね、わが子に怒りを感じるのと、わが子を殺すことでは、まるで異質の行為といわなければならない」

「わかっていますよ」

「ぼくには、理性も自制心もある。暴力とか殺人とか、低次元の野蛮《やばん》な行為を何よりも嫌う。ましてわが子となれば、ちょっとやそっとのことで殺意など抱かない。あんたたちはいったいどういう動機で、ぼくが悦也を殺したんだと疑っているのかね。まさか、悦也が墓参りに行かないと言い出したのが理由で殺したなんて、馬鹿なことは考えていないだろうが……」

小田垣は、肩で息をしていた。

どこか講演か講義のような調子を感じさせるが、興奮して一気にまくし立てたことが、小田垣を息苦しくさせたのだろう。唇まで心持ち、青白くなっている。

「警察も、そこまで単純じゃありませんよ」

もう少し小田垣を精神的に追いつめたほうが、効果的かもしれないと水木は作戦を立てていた。

「単純なうえに、警察もあんたも愚かだと思う。殺人の動機もないのに、ぼくを疑っている。何よりも肝心な殺人の動機が何か、いまだにはっきりとわかっていない。殺人の動機を持たない人間を、ただひたすら犯人として扱っている。これを愚かと言わずして、何と言うべきだろう」

返す言葉もなかろうというように、小田垣は胸を張った。

「愚かという点では先生も、警察と変わりなさそうですね。残酷な話ですが、証拠として聞かせましょう」

小田垣を精神的に追い込む作戦として、水木はその件を持ち出すことにした。

「ぼくが、愚かだという証拠かね」

前歯をのぞかせるというだけの作り笑いを、小田垣は懸命に浮かべていた。

「これは、美鈴さんが言ったことです。父も弟も、愚かでした……。なぜ、愚かなのか。父子が殺したり殺されたりするところまで、対立したというのが愚かさの意味です。美鈴さんには、弟を殺したという確信があったようです」

「それは美鈴が、自分から口にしたことなのかね」

「もちろんです。わたしは父が犯人だと決めてかかっているし、それなりの覚悟もできているって、美鈴さんは毅然としていたそうです」

「美鈴に、何がわかっているというんだ。美鈴がどう考えようと、それだってすべて想像の産物にすぎないじゃないか」

「父の忍耐にも限界があり、弟の敵対行為が度を超えれば、いつか父の怒りも爆発する。場合によっては、それが殺意にもなる。身近な人間として、美鈴さんにはそう見えたんでしょう」

「そういう見方こそ、単純で愚かなんだ」

「それにもうひとつ、先生の近影といえる鮮明な顔写真が手にはいらなくて困っていたとき、どうぞお役に立ててくださいと東京からネガを持参してくれたのも美鈴さんでした」

「美鈴が、ぼくの写真のネガを……！」

小田垣は、顔色を失った。

「小田垣教授、実の娘さんにまで見捨てられるのは、よほど愚かな親なんじゃないんですか。人間の寂しさ、人生の悲しさ、それに教授自身の愚かさについて、ひとつじっくりと考えてみてください」

水木は、立ち上がった。

まだ午後一時にもなっていないが、水木警部補は御子柴刑事に今日の取調べの打ち切りを告げた。

4

取調べを早々に中止したのも、一種のテクニックといえる。被疑者に、考える時間を与えるためであった。

取調べ中は相手がいることだし、被疑者も気が紛れる。闘争心が働き、防戦に必死である。それで、余計なことは頭に浮かばない。情緒不安定にも、陥《おち》いりにくい。

ところが、留置場へ戻ってひとりになると、そうはいかなかった。やることがないので、ぼんやりと考え込むほかない。自然と、もの思いにふけるようになる。

とくに、肉親とか恋人とか友人とかの人間関係についてショックを受けたときの被疑者には、時間的な余裕は必要だった。

たとえば小田垣なども、実の娘に見捨てられたことが頭を離れなくなる。

そのショックに関して、あれこれと思考する。今日の午後から明日まで、ひとりぼっちでいなければならない。心に迫るのは孤独感であり、凶悪犯だろうと感傷的にならざるをえない。

何よりも痛感するのは、現在のわが身の不幸である。そうなると人間は、むかしのよき時代ばかりを思い出す。あのころは素晴らしかった、あの時代は幸福だったと、過去をすべて美化したうえで回想する。

小学生のころの美鈴は、何かにつけてお父さんお父さんと慕《した》ってくれた。大きくなったらお父さんの好きなものをプレゼントするなどと言って、決して父親を裏切ったり見捨てたりするような美鈴ではなかった。

悦也にしても静香が元気なころは、明るくて素直で裏表のない息子だった。母親がいちばん好きでも、二番目は父親であった。確かにお父さんを敬遠しがちではあったが、一方でお父さんを尊敬しているようにも感じられた。

何もかも、うまくいっていた。順調な人生だった。それがどうして、こんなことになってしまったのだろうか。これが運命と、諦めるほかはないのかもしれない。もう自分には、救われる望みもないのだ――。

こんなふうに思いをめぐらせていると、人間はどうしても弱気になる。精神が浄化《じょうか》するのか、悟りを開いたように人生観が変わる。不要な闘争心を捨てて、どこか人間的になるのであった。

水木は小田垣にもそうなることを期待して、たっぷりと孤独感を味わうように仕向けたのである。翌日の取調べも、午後一時からと遅らせた。

この日は十一月三日、やはり雲ひとつない晴天の文化の日となった。

「悦也君の死体は、左足だけにスリッパをはいていた。右足から脱げたと思われるスリッパは、やや離れたところに落ちていましてね」

水木はすぐに、取調べを始めた。

「そうですか」

小田垣は、さっそくもらったケントを吸っている。

「しかも、そのスリッパからは、先生の指紋と掌紋《しょうもん》が採取されている。スリッパの内側に拇指《ぼし》の指紋、裏側に示指《じし》（人さし指）の指紋と掌紋。すべて、先生の右手のものです」

小田垣に弱気になったという効果が認められないと、水木警部補は観察していた。

「さあ、わからないな」

睡眠不足でもないらしく、小田垣の白目《しろめ》は青みがかっていた。

「その指紋と掌紋に合わせて持ってみると、先生は右手でスリッパを握ったことになるんですがね」

「ぼくには、悦也のスリッパに触れたという記憶もない」

「記憶がないんですか」

「ええ」

「それは、おかしい。指紋に掌紋という証明があるんだから、先生がスリッパを握ったことに間違いはないんです。それなのに、スリッパに触れた記憶もないっていうのは、納得がいきませんね」

「しかし、覚えがないんだから、しかたないでしょう」

「やっぱり、先生は逆上していたんだ。無我夢中だったから、何も覚えていない」

「ぼくが、どうして逆上するんだ」

「悦也君が、暴力行為に出たからでしょう」

「そんなこと、ぼくは知らんね」

「悦也君が右足で、先生を蹴《け》りつけた。その拍子に、スリッパが脱げた。先生はカーッとなり、それを拾って投げ返した。悦也君はなおも、先生に飛びかかってきそうな気配だった。逆上した先生は、コウモリ傘の中から鉄パイプを取り出した」

「また、想像による物語の始まりかね。もう、紙芝居はたくさんだ」

小田垣は天に祈るように、両手を高く差し上げた。

「もうひとつ、不可解なことがありましてね。五一二号室の浴室に、認められたことなんですが……」

水木は畳みかけるように、一転して次の質問に移った。

五一二号室の浴室での異変とは、普通サイズのタオル一枚が消えてしまったことだった。このタオル紛失の一件だけは、事件に無関係かもしれないという理由から、報道関係にいっさい公表されてなかった。

「バスルームで、何かが発見されたとでもいうんですか」

小田垣にしても当然、タオルのことを知るはずがなかった。

「先生は、タオルのことに詳しいですか」

「タオルは、植物じゃない。べつに、詳しく知る必要もないでしょう。タオルは正しくはタウルだってことぐらいしか、ぼくは知りませんね」

「タウルですか」

「ただし、アイスランド語だと涙のことをタウルというから、タオルのほうがわかりやすいかもしれない」

「タオルのこととなると、わたしは少々うるさいほうでしてね」

「あんたが……」

「ええ」

「たとえば、タオルについてどんなことをよく知っているんです」

「そうですね、タオルの種類なんか……」

「どんな種類があるのか、教えてください」

「タオルというと一般に浴布と受け取られがちですが、浴室専用はバス・タオル、湯上がりのバス・ローブぐらいのものでしょう。皿をふくのもタオルだし、顔をふけばフェイス・タオルだし、手拭《てぬぐい》となるとハンド・タオルだし、要するにタオルすなわち浴布ではないってことですよ」

「タオルの浴衣、タオルの寝巻、タオルのシーツ、タオルのエプロン、タオルの夏掛けだってある」

「浴布という意味のタオルは、厚地のテリー・クロスか、毛羽《けば》の長いターキッシュ・タオルぐらいのもんでしょ」

「タオル地は吸水性と通気性があって、何度の洗濯にも耐える添毛《そえげ》織物だから、われわれの日常生活にはいくらでも用途がありますよ。その用途によって、タオルの幅や長さも変わりますしね」

「和風の風呂では、あまりタオルは使われない」

「和風の風呂には、二種類あったと考えていい」

「湯殿《ゆどの》と風呂場ですか」

「そう。湯殿というと、現代と同じ浴室。風呂場というと、蒸し風呂だった」

「いまは和風の浴室にもバス・タオルとシャワーは付きものになりましたが、まだトイレはありませんね」

「そうね、便器があることと、バスタブの中で身体を洗うこと。この二つが、洋風の浴室の特徴だな。だから場合によっては、トイレのことをバスルームと称する外国人もいる」

「ちょっとしか見たことがないんですが、ニューグランド佐賀のバスルームは、なかなか立派なんじゃないんですか」

「ワンルーム・マンションや二流以下のホテルと違って、ユニット・バスじゃなかったし、広くて使いやすくて感じのいいバスルームだった」

「タオルも、三種類だったでしょう」

「一流ホテルのバスルームにはだいたい、三種類のタオルとバス・ローブが用意されているんじゃないですか」

小田垣は、変質者のように異様に光る目になっていた。

「三種類のタオルとは、小型のハンド用、普通サイズのフェイス用、それに大型のバス・タオルですね」

小田垣の眼差しに、水木は薄気味悪いものを感じた。

「そうだったと思いますが、取調べにしてはずいぶん妙なこと訊くんですね」

小田垣は、微かに苦笑した。

「シングルの五〇二号室はひとり分にしても、ツインの五一二号室のバスルームのタオルは、すべて二組ずつそろっていなければならない」

水木は、無表情でいる。

「あんたはご苦労なことにタオルや浴室について、百科事典か何かで一生懸命に調べてきたんでしょう」

小田垣は、馬鹿らしいというように横を向いた。

「どんな質問にも、答えてもらいますよ」

小田垣はなかなか鋭いと、水木警部補は改めて認識した。

小田垣の指摘は、正しかったのである。水木は昨夜のうちに百科事典を見て、『タオル』と『浴室』の項目に記されていることを暗記したのである。

タオルと浴室のことで話を続けているうちに、それに釣られて小田垣が何かをポロッと洩らすのではないか。五一二号室の浴室からタオル一枚が消えたことに関連するならば、いかなる話だろうとかまわない。

何かの拍子に小田垣が、口を滑らせるということがあるかもしれない。もしそういうことになれば、ホームランとまではいかずとも二塁打ぐらいの収穫になる。可能性は小さいが、それに賭けてみるのも悪くない。

犯人にしかわからないことを自供する、あるいは自供させるのを『秘密の暴露《ばくろ》』という。そうした自供が物的証拠によって裏付けられれば、秘密の暴露は犯人認定の決め手となる。公判においても裁判官はそれを最重視して、証拠不十分ということには絶対にならない。

秘密の暴露こそが捜査陣にとって、決定的な満塁ホームランになるのである。

小田垣の場合は、物的証拠というものが非常に少ない。貴重な物証のうち、スーツとネクタイとコウモリ傘はすでにこの世から消し去られている。

残るは、凶器の鉄パイプだけだった。佐賀城跡の三方を囲む内堀も、五十名からの捜査員がボートを浮かべて隈《くま》なく浚《さら》ったが、鉄パイプらしきものは発見されなかった。

だが万が一、消えたタオルが小田垣に持ち去られたものだとしたら、それにもちょっぴり期待を寄せることができるのだ。小田垣がタオルのある場所を自供すれば、それも立派な『秘密の暴露』になる。

水木はそのように命中率が低いことを承知のうえで、あえて小さな的《まと》を狙ったのであった。しかし、水木は次の瞬間、頭をガーンとやられたような衝撃を受けていた。

「あんたの魂胆《こんたん》は、読めている。なぜ執拗《しつよう》に、タオルと浴室の話を持ち出すのか。五一二号室のバスルームのタオルがなくなったのも、ぼくがどうにかしたんじゃないのかって疑って、それとなく探りを入れるってことなんだろうな」

と、小田垣が不気味な目つきで、笑ったのであった。

取調官は被疑者の前で、本心や真情を示してはならない。それで水木は、必死に感情を殺している。驚愕《きょうがく》や歓喜が態度に表われそうになることに、水木は唇を噛みしめて耐える。振り返ると、御子柴刑事も茫然となっていた。

「五一二号室のバスルームのタオルがなくなったって、教授はどうしてそんなことを知っているんです」

いったん腰を浮かせて、水木警部補はすわり直した。

「新聞で、読みましたよ。ちゃんと新聞に、出ていたじゃないですか」

小田垣は、平然と答えた。

いいかげんなことを言っているのではなく、小田垣は新聞で読んだと本気で思っているのである。

「教授は毎日、事件の記事が載っている何種類もの新聞や週刊誌を、読みすぎましたね。同じようなテレビのニュースも毎度、うんざりするくらい繰り返して見た。そのためにすべてのニュースが頭の中でゴッチャになって、何が報道されたか何が公表されなかったかわからなくなってしまった。だからいまみたいに、大変な錯覚をすることにもなった」

水木はむしろ、怒ったような面持《おもも》ちでいた。

「錯覚……?」

不安そうに、小田垣は眉をひそめた。

「ニューグランド佐賀の五一二号の浴室のタオルがなくなったなんてことは、いっさい捜査本部から公表されていない。ひとつぐらい手がかりを世間に秘めておくということも、捜査のテクニックとして用いるときがある。したがって、そのことは捜査員もホテルの従業員も他言無用《たごんむよう》、報道陣にも発表してないんだから新聞に載るわけがない。タオルがなくなった件を知る人間は、持ち去った当人のほかにひとりもいない」

酔いが回ったように、水木の全身から力が抜けていった。

小田垣の顔つきが、悪魔とでも出会ったように一変していた。

5

五一二号室の浴室のタオル一枚が不足していたことを、小田垣は勘違いから進んで喋る結果となったと、御子柴刑事が捜査本部長に報告した。それを伝え聞いて、捜査本部に詰めていた刑事たちは愁眉《しゅうび》を開いた。半ば落ちたようなものだと、あちこちに笑顔も見られた。

だが、三十数人からの捜査員が、大いに沸《わ》くということにはならなかった。それは秘密の暴露であったにしろ、タオルという品物が直接事件に結びつかないからだった。タオルで、絞殺したわけではない。タオルは犯行に、無関係である。

犯行のあった部屋の浴室から、消えただけのタオルにすぎなかった。わたしは息子の部屋を訪れたときに、浴室のタオルが一枚不足しているのに気がつきました。わたしは嘔吐《おうと》してタオルを汚してしまい、それも襟裳岬から海へ捨てました。小田垣がこのように説明すれば、弁解として通用する。

タオルは、犯行の証拠にならない。決定的な秘密の暴露にはほど遠く、鬼の首でも取ったように騒ぎ立てるほうがおかしい。いまや決定的な秘密の暴露は、小田垣に自供させてそのとおり凶器が発見されることしかなかったのである。

この日、タオルの一件という大失点があって以後、小田垣は夕方まで完全黙秘を続けた。あわてることはない、勝負は明日だと、水木は午後六時に取調べを終えた。

翌日は十一月四日、木曜日である。

いよいよ、タイムリミットを迎えた。

水木は前夜、明朝の風呂を頼むよと加代子に言ってあった。そのひと言で、加代子には意味が通じる。『はい』と答えただけで、加代子に質問はなかった。

午前六時に、水木は起床した。すでに、風呂が沸いている。水木は浴室で歯を磨き、何度も嗽《うがい》をする。丁寧に髭を剃って、顔を洗う。清めるように全身に石鹸《せっけん》の泡を立てては、滝の水の代わりにザーザーと湯を浴びた。浴槽には三度、裸身《らしん》を沈めた。

何も朝風呂を、楽しんでいるわけではない。水木にとっては、身を清める儀式であった。風呂から上がると、真っ白な木綿の帯状の布が用意されている。真新しい六尺褌《ふんどし》である。

水木はこの日だけ、新品の褌をしめる。普段は褌などしめないが、水木は慣れた手つきで六尺を扱う。六尺褌をしめたあとは、普通のワイシャツとスーツを着る。

今日は必ず被疑者を落とすという日に限り、新しい白木綿の六尺褌をしめる。これは士気の高揚であり、取調官の責任を自覚するという男の美学であった。

朝食は、抜きにする。水木なりの斎戒沐浴《さいかいもくよく》であり、それらが終わると仏壇の前にすわる。午前八時半に、水木は玄関を出る。加代子が、珍しく送ってくる。文化の日の昨日とは、天候が一変していた。

「夕方から、強く降るそうよ。また、雨漏りだわ」

黒くて厚い雲を、加代子は恨めしそうに見上げる。

「いってくる」

水木は、車に乗り込んだ。

「佐賀県警察の勝利ね。それとも、褌の勝利かな」

加代子は『フンドシ』というところで、とくに大きな声を出した。

水木は、冷静だった。何とかなる、という思いが働いている。小田垣は昨日の黒星で、半ば闘志が萎《な》えているだろう。攻撃の手を緩めなければ、小田垣は逃げ腰になる。

それに、タイムリミットを超えたことは、これまでにも一度としてない。自信ではなく、予感がするのだ。朝湯と褌の効用かもしれない。

捜査本部で一時間ほど、御子柴刑事との打ち合わせに費やした。今日は落とすと水木に言われてから、御子柴刑事は緊張して水ばかり飲んでいた。御子柴刑事もさすがに、今日は三枚目になりきれずにいる。

午前十時三十分に、水木警部補と御子柴刑事は2号取調室へはいった。

予想したとおり、小田垣はどことなく覇気《はき》がなかった。姿そのものが、老けたように見える。防備の気力も、反撃する眼光も鈍っているように感じられる。

「看房警察官のみなさんには、ほんとにお世話になりました。頭が下がるどころか、手を合わせたくなりますよ」

そんなことを、小田垣が言った。

看房警察官とは、留置場に勤務する警官のことである。留置人が自分でやることは、用便、食事、就寝起床だけなのだ。それ以外のことは何から何まで、看房警察官の世話にならなければならない。

用便にしても後始末は、遠隔操作で看房警察官がやることになっている。起訴以前の被疑者を収容する拘置所がないために、警察の留置場を代用監獄にしている小田垣などは、もう半月以上も看房警察官の世話になりっぱなしなのだ。

黙々と働く看房警察官に感謝して、小田垣が手を合わせたとしても不思議ではない。しかし、そのようなことをどうして取調官の前で、口にしなければならないのか。そうした小田垣の殊勝《しゆしよう》な態度が、油断できないと水木は思った。

「裁判官がなぜ、教授の勾留期間の延長を認めたのか、あなたにはわかりますか」

これまでと違うことを強調して、水木はネクタイを緩めようともしなかった。

「わかりっこありません。アリバイのある被疑者なのに、十日も勾留を延長するのは不法だと、いまでも憤慨していますよ」

小田垣はタバコを求めて、二本の指を唇にあてがった。

「教授のそのアリバイというものが存在しないから、裁判官はあなたの勾留の延長を認めたんですよ」

タバコは駄目だという意味で、水木警部補は首を振った。

「そもそも、それがおかしい。大勢の証人がいるのに、ぼくにはアリバイが成立しないだなんて……」

「成立しないんじゃなくて、アリバイが存在しないんです。わたしは最初から成立しないという言葉を使わずに、教授にはアリバイが存在しないと言いつづけていますよ」

「それがまた、よくわからない。成立しないと存在しないとでは、どう違うんだね」

「ここに、疑問点が二つある。その第一は、悦也君がメモ用紙に〝おやじにヤラレた〟と書き残したことです」

「そのことだったら松坂検事と、二時間近くも議論した。答えは簡単なんだが、それが一致しなかった」

「そうでしょうな」

「松坂検事は、あれは父親に殺されることを知らせようとしたダイイング・メッセージだと、主張して譲らなかった。だが、わたしの意見は違っていた」

「どう、違いましたか」

「悦也は、木暮という友だちと電話で喋った。そのやりとりの中で悦也は、おやじにしてやられた、と言っている。それと同じことを、悦也はメモ用紙に書いたのにすぎない。ただし、〝してやられた〟の〝して〟を省略したので、〝おやじにヤラレた〟となってしまった」

「じつに、巧みだ。そんなふうにうまい逃げ方を、よくも考えつくもんだと感心させられますよ」

「逃げてなんかいない」

「わたしは正直なところ、〝おやじにヤラレた〟の意味なんて、どうだっていいと思っています。問題にしなければならないのは、悦也君がこの言葉をいつ書いたのかっていうことでしょう」

「それは木暮君と、電話で喋りながらだろうな」

「それにしては、ずいぶん乱れた字じゃないですか。大小まちまちで、字の位置も角度も違っている。字体も不ぞろいだし、二、三歳の幼児が書いたような金釘流《かなくぎりゅう》でしたよ。あれじゃあ酔っぱらいが目をつぶって、左手で書いた字と変わらない。生前の悦也君は、きれいな字を書いたそうですね」

「うまい字ではないが、几帳面《きちょうめん》な楷書だったことは確かでした」

「だとすると、あれは普通の状態の悦也君が書いた字ではないってことになる。瀕死《ひんし》の重傷を負っていて、意識朦朧《もうろう》となりかけている悦也君が、最後の気力を振り絞って書いたものでしょうな。そういうことで、あれはやっぱりダイイング・メッセージだったんだ」

「そこまでわかっているんだったら、疑問点にはならないんじゃないのかね」

「第二の疑問点、それは悦也君がすぐに帰京しなかったことです」

「それは、いつのことを指しているんだ」

「友人たちと、電話で喋ったあとのことですよ。木暮、宮本、小早川といった友人たちは電話で、口をそろえて早く東京へ帰ってこいと悦也君に言っています。悦也君も一度は、いますぐにでも東京へ帰りたいよと答えている。そりゃあそうだ、悦也君にはひとりで佐賀のホテルに残っている必要がない。拘束されてもいない自由の身なんだし、その気になって仕度をすればすぐにでも東京へ帰れる。しかし、結局のところ悦也君は、佐賀のホテルを出ようとしなかった」

「なぜなんだろう」

「これから寝るんで、明日には帰京すると言って悦也君は電話を切っている。悦也君はどうして、その日ではなく次の日に帰ろうとしたのか。それは、そのときの悦也君が、とても動ける状態になかったからですよ。ほかに何か、思いつく理由がありますかね」

「いや……」

「悦也君は気分が悪くて、横にならずにはいられなかった。それで、これから寝て明日帰ると友人たちに伝えて、悦也君は電話を切った」

「それが、午前十一時四十三分」

「悦也君はしばらく、椅子にすわったままで休んでいた。ところが、意識朦朧としてくる。横になろうと、ベッドへ向かう。しかし、歩行困難の状態で、真っ直ぐ前に進むこともできない。悦也君はベッドにも上がりきれずに、ベッドと壁のあいだに横になった。まもなく悦也君は、昏睡《こんすい》状態に陥って意識を失う」

「悦也は午後一時三十分から一、二時間のあいだに死亡した。つまり、意識を失ってから数時間のうちに死亡したっていうのが、あんたの仮説なんだろうね」

「教授、これは仮説じゃないんです」

「専門家でもないあんたの推定では、仮説か想像というほかはない」

「わたしは十一年前に、今回と同じような事件を担当したんです。やっぱり被疑者のアリバイが障害になって、苦労させられましてね。そのとき、佐賀医大の法医学教室の一柳助教授にお世話になったんです」

「助教授ね」

「いまは、教授です。今度も悦也君の司法解剖を、一柳教授にお願いしました。一柳教授は非常に気骨《きこつ》のある人ですが、ややヘソ曲がりでもある。それで自分は医学者であって犯罪捜査は専門外だからと、犯行に関しては意見を加えない教授でね。三日ほど前にかつての経験を活かして、一柳教授にお目にかかってきましたよ。そういうわけで、これからわたしが説明することは仮説でも想像でもなく、法医学の権威といわれる一流の教授の請売《うけうり》です」

水木警部補は、解剖所見のコピーを取り出した。

「ぼくは、三流の教授だと言いたそうだな」

教授と名の付く相手に対抗意識を燃やすのか、いかにも不愉快そうに小田垣は自嘲《じちょう》の笑いを浮かべた。

「死亡推定時刻についてここに、〝死の認定に限るならば十月九日午後一時三十分より三時三十分までと推定される〟とありますが、一柳教授はなぜわざわざ〝死の認定に限るならば〟と断わり書きを付け加えたんでしょうね」

該当《がいとう》する解剖所見の文字に沿って、水木警部補は指を滑らせた。

「そんなこと、ぼくが知るもんかね」

小田垣は解剖所見に、目も向けなかった。

「これは死亡推定時刻であって、犯行推定時刻と一致するとは断定できないという意味なんです。死亡時刻と犯行時刻は、必ずしも同じではない。ただし死亡時刻は医学的に推定できるが、犯行時刻となると正確に推定する自信がない、という一柳教授の良心的な所見なんですよ」

小田垣に視線を移して、その水木のほうが驚きの目を見はった。

血の気を失ったうえに、熱病にかかったように小田垣が肩を震わせていたのである。

6

悦也は前頭部、次いで側頭部に、鉄パイプによる強烈な殴打を浴びた。

悦也は脳震盪《のうしんとう》を起こし、急性硬膜《こうまく》外血腫《かけつしゅ》が生ずる。

頭蓋骨《ずがいこつ》と脳実質のあいだに、硬膜という硬質の膜が存在する。この硬膜と頭蓋骨とのあいだに、血の塊りである血腫ができるのを急性硬膜外血腫という。

血腫はその体積分だけ脳を圧迫し、浮腫《ふしゅ》を起こした脳は脊髄《せきずい》にヘルニアを生ぜしめ、脳髄の下端と脊髄をつなぐ延髄《えんずい》を圧迫する。延髄は呼吸や循環機能の中枢神経の一部なので、それが圧迫されれば呼吸と循環機能が停止して死に至る。

受傷後の昏睡状態の段階で病院へ運び、緊急の開頭術を施せば、一命は救われるという可能性もある。

しかし、無処置のまま放置されれば、確実に死亡することになる。

悦也の場合も、次のような症状を経たものと推定される。

まず、脳震盪と急性硬膜外血腫が生じた。脳震盪により、悦也は意識を消失した。この意識消失は、わずか数分間で回復する。あるいは数十分後に、意識を取り戻すときもある。

われに還ると何事もなかったように、意識ははっきりする。専門的にはこれを『意識清明になる』と称し、意識清明期をルシッド・インターバルという。

このルシッド・インターバルは三時間から六時間、ときには半日も続くことがある。また、ルシッド・インターバルのうちの数時間、受傷後の記憶が失われるといった症状も起こりうる。

やがて意識清明のときがすぎると、再び意識の低下が急激に始まる。傾眠《けいみん》、昏睡《こんすい》を経て、急速に意識の喪失へ向かう。今度は意識を回復することなく、死へと直行する。

悦也は午前八時三十分に受傷して、脳震盪と急性硬膜外血腫を起こしたとすれば、八時三十五分から五十分ぐらいまでのあいだに、いったん意識を回復しただろう。それからの意識清明期が、約三時間は続いた。

午前十一時三十分から四十三分まで、悦也は東京の友人と電話で喋っている。悦也がその電話で父親に襲われたことを、友人たちに打ち明けなかったのは、記憶喪失の状態にあったからと思われる。

悦也が友人に『これから寝る』と告げたのは、そろそろ意識の低下が始まったためだろう。同時に父親に襲われたという記憶が蘇り、悦也は濁りはじめた意識の中で『おやじにヤラレた』と、ダイイング・メッセージを書いた。

それが、正午ごろと推定される。傾眠に勝てなくなって、悦也は這《は》いずるようにしてべッドに近づく。しかし、悦也は力尽きて、ベッドと壁のあいだに身体を横たえる。悦也は、意識を失う。

約二時間ほど昏睡状態が続き、悦也は午後二時ごろ死亡した。

「一柳教授の話から、こういう想定が成り立つんですよ。急性硬膜外血腫ってやつになると、犯行時間と死亡時間が一致しないって厄介なことがありましてね」

水木警部補は、雨が降り出した気配を感じた。

まだ小雨だが、今日の加代子の予報は正しいようだった。

小田垣は、無言でいる。肩の震えは、とまっていた。だが、デスクのうえに置いた両手が、指を折り曲げて震えている。乾いた唇が、粉《こ》を吹いているように見える。

「犯行時間と死亡時間に五時間以上も差があったんでは、アリバイも何もありゃしないでしょう」

水木警部補は、ケントの箱を手にした。

「一本、お願いします」

小田垣が、震える手を差し出した。

「あなたに必要なのは、十月九日午前八時半ごろのアリバイだった。午後二時のアリバイなんて、アリバイのうちにはいらない。だから、わたしはアリバイが成立しないんじゃなくて、アリバイそのものが存在しないという言い方をした」

水木は空っぽだと中を見せてから、ケントの箱を屑入《くずい》れに投げ込んだ。

「一服して落ち着かないと、思考力がまるで働かない」

小田垣は、爪を噛んだ。

「あんたは十月九日の午前八時半ごろに、ニューグランド佐賀の五一二号室で悦也君を殺害した」

「殺してなんかいない。悦也は即死ではなかったって、いま自分で言ったばかりじゃないか」

「即死ではなかったにしろ、立派な殺人だ。傷害致死になるなんて、甘い考えは捨てたほうがいい」

「殺人だろうと傷害致死だろうと、ぼくの知ったことじゃない」

「あんたには、殺意があった。殺すつもりで急所といえる悦也君の頭を狙い、鉄パイプで二度も強打している。手応えも十分あったし、あんたは悦也君を殺害したことを信じて疑わなかった」

「何も、知らん」

「だからこそ、あんたは悦也君の顔に白布をかけようとした。これは死者に対する風習と、死者の顔を晒《さら》し者にしたくないという人情と、死者の顔を見ることの恐怖から、肉親、近親者、恋人なんかが加害者のときに多く認められる。あんたにも、悦也君への情はある。そのために、悦也君の死に顔に白布をかぶせようとした」

「知らんね」

「つまり、あんたは悦也君が即死したものと思い込んでいた」

「ぼくの知らないことだ」

「ところが、適当な白布が見当たらない。そこであんたは、浴室からタオルを持ち出してきた。いったんは悦也君の顔にタオルをかぶせたが、こんなことをすれば肉親である自分が真っ先に怪しまれると気づいて、あんたは思いとどまった。しかし、タオルに悦也君の鼻血が付いてしまっているので、あんたはそのタオルを持ち去ることにした」

「知らん」

「あんたは絶望感と恐怖に、追われるようにしてホテルを出た。ついに、息子を殺してしまった。どこへ逃げようと、逮捕されるのは時間の問題だ。いまさら取り返しはつかないし、これで自分の人生と生活は終わった。もう、生きていることはできない。こうなったら久子のところへ行くほかはないと、あんたは自殺を決心した」

「自殺ねえ」

「だから、あんたは苫小牧へ向かったんだ。北海道には、久子夫人との思い出がいくらでもある。苫小牧には、久子夫人のお墓がある」

「そう。北海道の天地は、久子との思い出に満ちている」

「久子夫人のところへ行くには、北海道で自殺するしかない」

「ぼくと久子にとって、北海道は花園であり天国だった」

「久子夫人のあとを追ってあの世へ旅立つならば、その場所は北海道にしかない」

「まあ、そういうことになるだろう」

「あんたが佐賀から北海道へ直行する理由は、ほかにないはずだ。あんたは福岡空港へ急行し、千歳行きの飛行機に乗り込んだ。あんたがそこまで北海道での自殺を急いだっていうだけでも、あんたが悦也君殺しの加害者だってことが証明される」

「それはともかく、苫小牧のホテル北界に泊まったという事実は何度でも認めよう」

「苫小牧のホテルに一泊して、翌日には自殺を決行するつもりだった」

「まず、苫小牧市の墓地へ行き、久子の墓参りをすることになっていた。そのあと、支笏《しこつ》湖へ向かう予定でいた。苫小牧から支笏湖までは、市営バスが運行している。たったの四十分で、支笏湖につく」

「支笏湖も、久子夫人との思い出の場所ですかね」

「わたしと久子は、支笏湖畔のホテルで初めて結ばれた。その後も四、五回は、二人で支笏湖を訪れている。久子は支笏湖そのものより、すぐ近くにあるもうひとつの小さな湖を、こよなく愛した。支笏湖とは比べものにならないほど小さくて、周囲五キロしかないオコタンペ湖だ」

「オコタンペ……」

「説明してもわからんだろうが、支笏湖の恵庭岳《えにわだけ》の裏側にある。エゾマツ、白樺《しらかば》、トドマツなんかの原生林に囲まれていて、コバルトブルーの湖面が吸い込まれるように美しい」

「秘境ということですかね」

「そう、北海道の三大秘湖のひとつに数えられている。きみみたいな俗人には理解できないだろうが、大自然が人間の手が触れることを拒んでいる神秘の湖だった。死に場所にするんだったらこの湖畔がいいって、久子はいつも言っていた」

「それで、あんたもそこを死に場所にしようと思った」

「久子のあとを追うには、至近距離《しきんきょり》といえるからね。それにオコタンペ湖の原生林の奥で首を吊れば、ぼくの死体は永久に人目につかない」

「そこまで、計画は万全だった。あんたは百パーセント、自殺するはずだった。しかし、結果的には自殺は中止、計画は大幅に変更された。なぜ、そうなったか。いったい何が、あんたの気持ちを変えさせたのか。それは事情が、大きく違ってきたからだ」

「その事情とは……」

「翌朝、あんたはホテルのテレビでニュースを見た。ニュースでは学生テニスのチャンピオンが、佐賀のホテルで殺されたことを報じた。ところが、悦也君の死亡推定時刻が午後一時半から三時半までなので犯行もその時刻であると、テレビのニュースは報道した。あんたは、びっくりした。午前八時半に殺したつもりでいたのに、悦也君が絶命したのは午後一時半をすぎてからだったんだと……。同時に、あんたは重大なことに気がついた。午後一時半となると、自分は北海道へ向かう飛行機の中にいた。二時半には、もうホテル北界についていた。そうなると自分には、完璧なアリバイがあるってわけだ。それなら自分は大丈夫だ、わが身は安全だと、あんたはトンネルを抜け出したような気分になった」

「それで、ぼくは佐賀へ引き返す気になったってことかね」

「そうだ。あんたは、千歳空港へタクシーを飛ばした。だけど途中で、また気が変わった。急いで佐賀へ戻るのは、軽率にすぎはしないか。アリバイがあっても、いちばん疑わしい人物として警察の厳しい取調べを受ける。あれこれと突っ込まれたら、次から次へとボロが出るだろう。スーツ、ネクタイ、コウモリ傘にも、少量ながら血が付いている。そんなふうに考えて、あんたは佐賀へ引き返すのが不安になった」

「もっと慎重にと、ぼくは空港から苫小牧へ戻ることにした」

「苫小牧でまず、スーツやネクタイなどを買い込んだ。今後のことを落ち着いてじっくりと考える場所として、あんたはやはり久子夫人との思い出が描かれている襟裳岬を選んだ。あんたは、シーズンオフの襟裳岬の民宿に滞在することにした。翌朝にはさっそく証拠湮滅のために襟裳岬から、あんたはスーツとネクタイとコウモリ傘を海へ捨てている。あとは毎日、朝から晩まで民宿の一室に引きこもり、今後どうすればいいのか、警察にどう対抗すればいいのか、どんなふうに嘘で固めたらいいのか、取調べに対してどのような受け答えをすればいいのかを考え、作戦と駆け引きを練り続けた。一方では新聞と週刊誌の関連記事、テレビの関連ニュースの全部を見ては、あらゆる情報を頭に叩き込んだ」

「おかげでタオルの一件も新聞に載っていたなんて、馬鹿げた勘違いまでしてしまったって、言いたいんだろうな」

「そして、一週間後に逮捕だ」

「そのうえ半月も、あんたとお付き合いをする羽目になった」

「久子夫人と襟裳岬で初めて会ったそうだけれど、襟裳岬の民宿にいた一週間のあんたは、久子夫人のことなんか思い出しもしなかっただろうね。あんたの頭の中は、いかにして罪を逃れるかということしかなかったんだろうから……」

「そんなこと、あんたにわかるもんか！」

　突然、小田垣は怒鳴った。

「たまには久子夫人のことを、思い出したっていうのかね」

　水木は自分の言葉遣いが、いつの間にか変わっていることに気づいた。

　丁寧、礼儀正しい、親しみを込めて、といった言葉が影をひそめている。先生、教授という呼びかけも消えていた。水木は小田垣のことを、ずっと『あんた』と呼び続けている。

「久子のことを、忘れたときはない。いつだって、久子の姿は襟裳岬にあった。寝る前は一時間以上も、久子とは思い出について話し合う。毎晩、夢の中にも久子は笑顔で現われる。海上や草原を見渡せば、必ず遠くで久子が手を振っている。あの久子がこの世にいないとは、いまだに信じられない。ぼくから久子を引き離すやつがいちばん憎いって、取調官、この気持ちがわかるか！」

小田垣の憎悪と怒りの眼光が、浮かんだ涙の中から水木の顔を射ていた。

7

遅い昼食の時間を兼ねて、休憩することにした。水木警部補は取調べの再開を、午後五時三十分からと決めた。被疑者が自供する確率の最も高い時間に、水木は最後の取調べをぶつけることにした。

それに、小田垣はまだ明確な自供をすませていないが、受け答えによるとほとんど犯行を認めるようになっている。小田垣は崖《がけ》っぷちに立たされて、絶望感を味わっているところなのだ。

そうした心の動揺は、食欲を減退させる。小田垣はちゃんと食べるには、時間がかかるだろう。また観念するにしても、結論を出すのに暇を要する。そんなことまで計算に入れて、休憩時間を長くしたのであった。

　今日の小田垣の昼食は、官弁でも私弁でもなかった。加代子が作った弁当を、水木が特別に差し入れたのである。塩鮭《しおざけ》、コロッケ、牛肉の角煮《かくに》、ポテトサラダ、小芋《こいも》の煮付けと家庭的な惣菜《そうざい》ばかりだった。

　もちろん、油揚げと人参を少なめにしたヒジキの煮付けも、加えてあった。ヒジキは水木が、加代子に特別注文したものなのだ。小田垣の大好物だとは言わなかったので、加代子は不思議そうな顔をしていた。

　午後五時三十分に、水木と小田垣は2号取調室で向かい合った。御子柴刑事が何となく、落ち着かない様子でいる。取調室の緊迫感から水木警部補が被疑者を落とすのは時間の問題と、御子柴刑事にも察知できるためであった。

「ヒジキ、食べてくれましたかね」

　窓に吹きつける雨の音を、水木警部補は耳にした。

「いただきました。どうも、ご馳走さまでした」

　小田垣は、頭を下げた。

「家庭の味っていうのは、いいもんですよね」

　水木は立ち上がって、窓に近づいた。

「どの味も、思い出に結びつきます」

肩を落として、小田垣は俯《うつむ》いている。

「こいつは、ひどい降りだ。だけど、雨の中の町の夜景っていうのは、胸にジーンとくるな。どの家も、明かりが泣いているようでロマンチックだ。どれもこれも、平和な家庭って感じがする」

水木は窓の下半分を上げて、路上を車のライトが埋める夜景を眺めやった。

「家庭のある人間は、しあわせですよ」

泣きそうになって、小田垣は鼻と口を押えた。

「久子夫人は、料理の名人だったんじゃないんですか」

雨が吹き込んでくるので、水木は窓を閉じた。

「久子はとにかく、心のこもった料理を作ってくれました」

小田垣は、力なくうなずいた。

「愛情料理ですね。小田垣さん、素晴らしかった久子夫人のためにも、ほんとうのことを聞かせてくれませんか。あんたが罪を認めないからって、久子夫人が喜びますかね」

「何を喋れっていうんです」

「あんたの切り札だったアリバイも、もう通用しなくなりましたからね。あと肝心なのは、悦也君を殺害した動機かな」

「仲の悪いおやじと息子が父子喧嘩の果てに殺し合いを演じて、おやじが息子を撲殺したんだと警察では答えを出しているじゃないですか」

「親がわが子を殺したというのに、そんな曖昧《あいまい》で漠然とした答えはないでしょう。もっと強烈な引き金になったというか、あんたを直接行動に走らせた動機があったはずです。そうでなければ前夜のうちに、凶器まで用意するはずがありません」

「わたしの口からは、言えません」

「久子夫人の冥福《めいふく》を祈る意味でも、正直に話すべきですよ。そうすれば、あんたも楽になる」

「久子の冥福を祈るために……？」

「あんたの口からはどうしても言えないんなら、代わりにわたしが言いましょう。東京に大雪が降るたびに、滑って転んでという死傷者が出る。このことで青森に住んでいる友人が、雪国では考えられないことだ、雪国の人間に滑って転んで死ぬ者なんてひとりもいない、東京の人間は雪のうえの歩き方を知らないからだと、決まって手紙に書いてよこす。それで、久子夫人が雪の日に庭へ出て転倒し、敷石に頭を打ちつけて死亡したと聞いたとき、わたしは疑問を感じた」

「そんなことまで、初めから疑惑の対象にしていたんですか」

「久子夫人は北海道の苫小牧で、生まれ育っている。比較的雪が少ないところにしろ北海道にいれば、あちこちで豪雪や吹雪を経験している。そんなふうに雪に慣れている久子さんが、東京の家の庭に降ったぐらいの雪で、滑って転んで死ぬだろうか。むしろ突き飛ばされて転倒して、敷石に頭を打ちつける可能性のほうが強い。争って久子夫人を突き倒すような人間となると、久子さんを憎んで生理的に嫌悪している悦也君のほかにはいない。久子夫人は、悦也君に殺された。そうじゃないんですか……」

「じつは……」

「そうなんですね」

「はい」

「あんたはそのことを十月八日の夜、悦也君と争ったときに聞かされたんですね」

「聞かされたというより、匂《にお》わされたんです。あの女は浮かばれないかもしれないが、こっちはおかげで清々《せいせい》しているぜ。悦也がこう言ったので、もしかすると悦也が久子を殺したのかもしれないと、わたしも初めて疑いを抱きました。もしそれが事実なら許せないと、わたしは悦也を呪《のろ》いながらホテルの周辺を歩き回りました」

「その途中の建築現場で鉄パイプが目についたので、あんたはそれをコウモリ傘に隠してホテルへ持ち帰った」

「おそらく悦也を殺せる道具を、身近に置いておきたいという心理だったんでしょう」

「翌朝、鉄パイプを差し込んだコウモリ傘を持って、五一二号室へ出向いた。あんたは決着をつけるつもりで、悦也君を問いつめた」

「悦也はまもなく、不貞腐《ふてくさ》れて白状しましたよ。あの女が家族はもっと仲よくするものだって説教を始めやがったから、おれはカッとなってうるせえって突き飛ばしてやった。あの女は地面のうえを弾《はず》むようにぶっ飛んで、敷石に頭を打ちつけて動かなくなりそのままお陀仏《だぶつ》さ。さあ、おれを殺人罪で告発しろよ。その代わり、あんたの人生もそれでおわりだからなって、悦也はわたしを蹴りつけましたよ」

「あんたは、鉄パイプを取り出した」

「わたしには、悦也を殺すのが当然のように思えました。何の躊躇《ためらい》もなく、鉄パイプを振りおろしたんです」

「そのあと、自首しようとは考えなかったのかね」

「自首より、自殺するつもりでいましたから……」

「完璧なアリバイが成立すると気づいたとたんに、あんたは自首も自殺も思いとどまった。それじゃあ、ただの犯罪者ってことになるし、それが惜しいような気がする」

小田垣を横から見る位置に立って、水木警部補は壁に寄りかかった。

「法を犯せば逃げたがる。嘘をついて罪を認めまいとする。わたしは、ただの犯罪者です。わたしなんか、わたしなんか、ただの犯罪者以下ですよ。大学の教授も、植物学者も、理学博士も、きっとわたしの仮の姿の肩書ですよ」

小田垣は、デスクのうえに身を伏せた。

メガネのレンズがデスクに触れて、音を立てるほど激しく震えながら、小田垣は髪の毛をかきむしった。声を洩らすまいと、唇をデスクにこすりつけて泣いている。

「凶器の隠し場所は……」

左目尻のホクロを、水木は摘んでいた。

泣いていて、小田垣は答えない。

「辻の堂からタクシーに乗って福岡空港へ行くまでは、鉄パイプを捨てたり隠したりする暇も場所もない。空港では、金属探知機に引っかかる。そうなると、タクシーに乗る前に隠さなければならない。あんたは、ホテルから西玄寺を経て、辻の堂へ出たという。その途中にしても、人通りが絶えないし人目がある。西玄寺には、ほんとうに寄らなかったのかね」

水木は、突っ立ったままでいた。

腕を組むと、溜息が出る。小田垣の泣き声が、彼の言葉を封じていた。

「凶器は、どこだ！」

水木は、一喝《いっかつ》した。

水木警部補の最初で最後の大声は、全身から発せられたものだった。びっくりして、御子柴刑事までがビクッとなった。小田垣の鳴咽《おえつ》もやんで、取調室の中が静かになる。小田垣は、姿勢を正した。

「じつは、西玄寺の墓地に寄りました。静香の墓参りが目的でしたが、線香や花は供えませんでした。そのときついでに、鉄パイプとタオルを埋めてきました。埋めた場所は、小田垣家の墓の裏側で三体並んでいるお地蔵さんの後ろです」

小田垣の顔は紙のように白く、目が虚《うつ》ろに宙の一点を凝視していた。

水木と御子柴は、うなずき合った。御子柴が、取調室を飛び出していた。小田垣が全面自供したことを、知らせに走ったのである。捜査本部長は直ちに、凶器の所在の確認を命じた。

二十名の捜査員が、パトカーや投光車に分乗して西玄寺へ向かった。西玄寺の墓地の一部が、投光車に照らされて真昼のように明るくなる。その照明の中にいくつも、スコップを手にした捜査員のシルエットが浮かび上がった。

水木警部補は、2号取調室を動かずにいた。二人の刑事が小田垣に、腰縄を打ち手錠をかける。小田垣は、水木警部補の前を通り抜ける。

「どうも……」

水木のほうを見ないで、小田垣は会釈《えしゃく》を送る。

「ご苦労さん」

水木も、そっぽを向いている。

ほかに、言葉はない。小田垣は、取調室から連れ出されていく。それを見送ることもなく、水木は壁の前を離れる。両手をズボンのポケットに差し入れた格好で、水木はデスクの縁《へり》に尻を据える。

嬉しくもなければ、楽しくもない。大仕事を終えたという満足感も、無事に任務を果たしたという充足感もなかった。疲れてもいない代わりに、元気溌剌《はつらつ》な身体という自覚もない。

今日一日がすぎていった、という思いしか水木にはなかった。

ドアを蹴破るようにして御子柴刑事が、2号取調室へ駆け込んでくるまで、水木警部補は一時間ほど待たされた。

「発見されました」

御子柴刑事は言った。

「場所に、間違いはなかったのか」

水木は、腰を伸ばした。

「西玄寺の墓場、小田垣家の墓の裏手、三体の石仏が並ぶその後ろ側を掘り起こしたところ、地中三十センチのあたりに横に埋められた鉄パイプ、並びにタオルが埋められているのが見つかりました」

三枚目が険しい表情で、メモを読み上げた。

「ニューグランド佐賀のタオルと、確認されたのか」

水木は、念を押す。

「白いタオルで、ホテル・ニューグランド佐賀という文字とマークが織り込まれているそうです」

御子柴刑事は、ようやく剽軽《ひょうきん》な笑顔に戻った。

「よし」

水木も、ニヤリとした。

小田垣の自供した場所から、凶器の鉄パイプが見つかった。これこそが、決定的な『秘密の暴露』であった。これに勝《まさ》る証拠はなく、小田垣の起訴は確定する。水木はこの『秘密の暴露』を得るために、今日まで取調べを続けてきたようなものだった。

そしていま、その結果が出た。これで取調官の仕事は、初めて一段落することになる。被疑者との勝負がついたのではなく、戦いが終わったのであった。

水木警部補と御子柴刑事はこの日、十時すぎに捜査本部をあとにした。佐賀中央署を出て、佐賀駅を発車する長崎本線の窓の明かりを見ながら、二人は裏手の駐車場へ回る。雨はやみそうだが、遠くの雷鳴と稲妻《いなずま》が盛んである。

「雷が、苦手でしてね」

御子柴刑事が、稲妻に目をつぶった。

「小田垣教授と、同じじゃないか」

水木はあえて、教授と呼んだ。

「警部補が、苦手なものは……」

御子柴刑事が、ペロリと舌を出す。

「雨漏りだ」

水木警部補はズボンのうえから、褌の横褌《よこみつ》をポンと叩いた。

ひとりだけの遷都

最近にわかに、遷都ということが話題にされるようになった。実際に東京への一極集中に、歯止めがかかり始めている。政府機関の地方移転も、具体化するらしい。ではどうして、そういうことになったのか。

単純に解釈すれば、いまのままの東京でいいと思っている人が、少ないからだろう。現在の東京には、人間が多すぎる。狭い地域に一千数百万人が住んでいて、近県からの通勤者で昼間の人口は更に増加する。近い将来、東京は動けない人と車で、埋め尽くされるだろうと、予測したくなるほどだ。

まるで風船にきりなく空気を送り込むようなものだから、破裂するのは時間の問題だろう。東京には、そういう無理がある。無理が通れば道理引っ込むで、正常さに欠けてくるのはやむを得まい。地価の高騰、物価は最高、交通渋滞、公徳心の低下、事故多発、退廃的な風俗の蔓延《まんえん》、犯罪増加、拝金主義、人情と人間関係の荒廃。

こうした大都会には、年をとるとかく住みにくくなる。夢のある人間らしい生活を、見失ってしまうのだ。驚き、困惑、不快感、失望、腹立たしさばかりの東京では、仕事への情熱も意欲も薄れてくる。東京での生活に、限界を感じるようになった。それはいまから、三年前のことであった。

＊

東京に職場があったり、生活基盤が根づいたりしている人々は、逃げ出すわけにはいかない。しかし、ぼくのようなモノ書きは、何も東京にいなければやっていけないという職業ではない。いまは全国に空路が張り巡らされ、電話が通じ、ファックスという便利なものがある。どこで原稿を書こうと、迷惑をかけることはないし支障もきたさない。

そうなると、ぼくなどは差しずめ東京にとって、邪魔な存在といえるだろう。ひとりでも人口が減ったほうが東京のためなのだから、ぼくという邪魔者は去るべきである。同時にぼくもまた新天地において、一から出直しという気概をもって仕事に打ち込める。まさに一石二鳥ということで、ぼくは住み慣れた東京を離れようと決めた。

家族たちはそうはいかないので、地方への単身赴任ということになる。また住めば都というから、たったひとりの遷都でもある。さて、どこへ遷都しようかと迷っているうちに、思ってもいなかった奇縁にぶつかった。

＊

だいぶ古くなるが、『木枯《こがら》し紋次郎《もんじろう》』という小説を書いたことがあった。この木枯し紋次郎の出生地は、上州新田郡三日月村《じようしゆうにったごおりみかづき》ということになっている。三日月村というのは、もちろん実在しない。テレビの影響で三日月村が有名になったので、群馬県に架空の三日月村という村を作ったりもした。

ところが、たまたま九州の佐賀県へ出かけたとき、そこに三日月町という町があることを知ったのであった。三日月というどちらかといえばロマンチックで小説的な名称が、行政区画の地名として実在するとは、考えてもいなかっただけに驚かされた。町になる前は、三日月村だったという。

ぼくとしては、ある種の感慨を覚えずにはいられなかった。たちまち三日月町に、親しみと愛着を持つようになった。その地に友人もできたことから、ぼくは何度か三日月町に長期滞在した。三日月村と三日月町が、結ぶ奇縁であった。

こういうことがあると、小説の主人公は作者の分身だと、改めて奇妙な気分を味わうものだった。木枯し紋次郎が三日月村の生まれで、作者のぼくは三日月町にいる。もしかすると、紋次郎とぼくは同郷の出身なのかもしれないなどと、空想の中に無理やり錯覚を求めて自己満足を得たりする。

三日月町の田園風景が広がる佐賀平野を見おろして、脊振《せふり》山地と呼ばれる山々が東西に連なっている。福岡県との県境にもなっていた。その脊振山地の佐賀県側の中腹に、富士《ふじ》町という町がある。去年、ぼくは三日月町から、富士町の古湯《ふるゆ》というところへ出向いた。

そして、そこにひとりだけの遷都の地を、見出したのであった。

＊

なぜか海よりも、山のある風景に魅せられる。若い時分はその逆だったから、やはり年のせいだろう。中年以上の人間のセンチメンタリズムは、山の景色によって誘われるものらしい。生まれ故郷に帰って来たように、気持ちが落ち着く情緒を感じるのだ。

山間の小さな盆地に、古湯という鄙《ひな》びた温泉町がある。周囲の山々は、なだらかな稜《りよう》線《せん》を描いて波打ち、村や里の背景にふさわしい。夏に訪れたときは視界が緑に染まり、冬に訪れたときには粉雪が舞っていた。前者は鮮やかな水彩画、後者は味のある墨絵であった。空気が澄んでいて、おやっと思うほど人影を見かけることがない。

のどけき生活と平和な自然のたたずまい、それに心安まる静寂と、東京にないものがここにはあり、東京にありすぎるものがここにはない。仕事と健康のための暮らしができると、ぼくはこの地に遷都することを決定した。二か月に一度ぐらいは東京へ足を運ぶ必要に迫られるだろうが、その場合もぼくは帰京するのではなく、上京することになるのである。

（一九八八年四月十六日　読売新聞夕刊）

遥かなり東京

佐賀県佐賀郡富士町の住人になって、一カ月がすぎた。

新聞、テレビなどの取材訪問も九月いっぱいで、ようやく一段落した。その後は佐賀県内と東京からの来客が、相次いでいる。本業の仕事をこなすためには、睡眠時間を短縮させるほかはなく、おかげで四キロの自然減量となった。

しかし、早朝の澄みきった空気を吸いながら、眼前の山々を眺めやる爽快感は何ものにも代えがたい。ぼくは毎朝毎夕の山の景色に、新しい人生を知ったような気分にさせられる。五十七歳にして、初めて知った新しい人生である。

ぼくの住まいがある場所は、緑の山々に囲まれた小さな盆地ということになる。このように書くと山の中みたいだが、海抜わずか二百メートルだから、ちょっとした丘陵《きゅうりょう》地帯といえるだろう。有明海《ありあけ》に面した佐賀平野まで、国道を下って二十分の距離である。逆方向へ脊振山地のトンネルを抜ければ、福岡市の早良《さわら》区にはいる。

山など珍しくないだろうと、多くの人々が言う。だが、そうではない。わが住まいから眺める山々は、世界中にここだけしかない。山の稜線が五重に描き出されて、刻々と変わるその表情はまさしく神の造園のように、微妙にして神秘的である。その名のとおり古湯という古い温泉も、静寂と鄙びたたたずまいの中に湧いている。

そうしたこの土地に、ぼくは自分のふるさとを見出した。

「どうして佐賀県のここに、永住する気になったんですか」

多くのインタビューで、必ず真っ先にこう問われる。

「思いもよらなかった佐賀県を、なぜ選んだんですか」

東京の知人たちは異口同音に、驚きの声をもってそう質問する。

「人一倍、都会的センスを持っている。生粋の都会人でもある。そういうあなたが、どうしていまさら佐賀県へ……」

と、首をひねる知り合いも、少なくなかった。

そのような問いに対して、ぼくの答えはひとつしかない。この土地に、自分のふるさとを見出したからだ。そして、ふるさとというものは、この世にただ一カ所だけなのだ――。

ぼくに、実際のふるさとはない。東京で生まれ、横浜で育ち、成人してからの生活の場は再び東京となる。これまでの人生の大半、五十五年間を東京と横浜で過ごしている。そのせいか、子どものころから故郷とか田舎とかいう言葉に憧れていた。

少年から青年時代にかけて、ぼくの頭の中には想像によるふるさとが、次第にはっきりと描き出されるようになる。空、雲、山、緑、川、蟬の声、橋、小さな盆地、静かな町と、ぼくのまぼろしのふるさとは完全にイメージ化された。特に山の景色が、想像の中でぼくを楽しませた。ふるさとの山は、懐かしきかな——。

ところが、ぼくはついに『まぼろしのふるさと』を見つけたのである。何から何まで、頭の中でイメージ化されたふるさとに、そっくりだった。知らない土地なのに、この景色には見覚えがある。夢の中に出て来たのではないかと、そんなふうに思ったほどであった。それが、佐賀県佐賀郡富士町の古湯と、その周辺だったのだ。

東京都民のほとんどは、故郷というものを有している。それで帰郷とか帰省とかいう時期になると、東京に通じる高速道路には大渋滞が生じ、都心から人も車も消えてしまう。つまり何百万という人々が東京に住んでいながら、もうひとつ故郷の住処《すみか》を持っているのであった。

ぼくは東京にいる限り、故郷を得ることができない。故郷を得るためには、東京を離れてその土地に住みつかなければならない。もともとあったものではなく、これから故郷とするのだから、東京にいてというわけにはいかない。何よりもまず、そこに生活の根をおろすのが当然である。

それで、『まぼろしのふるさと』を見つけたときから一年のあいだに、住む土地を定め家を建てるという少々無謀なことを、ぼくはやってのけた。時間をかけて計画を立てる、慎重に事を運ぶ、といったことは考えなかった。ここ以外にふるさとはないと信じ、決断を下したためであった。

そしていま、五十代になって見つけた故郷の大地のうえに、ぼくは立っている。緑の中に赤い雪を撒いたように、咲き乱れていた彼岸花はもう消えた。だが、杉木立に覆われた山の尾根に月がのぞき、夜空を皓々《こうこう》と照らしている。虫の声が川のせせらぎのように聞こえて、山間の稲穂の絨毯が静かな闇の中に広がっている。季節にかかわりなく、ぼくの耳に小学唱歌の『ふるさと』や『朧月夜』の歌声が甦る。『故郷の廃家』も『谷間の灯』も『峠のわが家』も聞こえてくる。

わが故郷の家での生活が落ち着き次第、ぼくは再び多作型の作家の宿命として、大量の仕事に立ち向かうことになる。新たな故郷を得たからには、ぼく自身の中にも新たな革命を起こしたい。作家としての原点に戻り、新たな創作活動に意欲と情熱を燃やしたい。著作三百五十冊を目ざして、新たなスタートを切りたい。

それとともに、人間らしい生活をすることだろう。わが故郷は、人間らしい生活ができるところなのだ。距離的には遠くない東京だが、ぼくの心境としては遥かなり東京である。

（一九八八年十月七日　産経新聞夕刊）

解説——取調室を舞台にしたパイオニア的警察小説

作家　山田正紀《やまだまさき》

「ドラマは、あくまでドラマです。ドラマの取調室と実際の取調室では、まったくの別ものですよ」

「取調室　静かなる死闘」より

多くの小説家たちがスターだった時代がある。その時代には純文学の作家たちにもスターが多かったが、彼らのことはとりあえず措《お》いておいて、ここで私が言及したいのは、いわゆる「中間小説」と呼ばれた小説を発表していた作家たちのことである。純文学ではない。しかし俗悪《ぞくあく》一辺倒の通俗娯楽小説でもない。その中間に身を置いて中間小説雑誌に作品を発表する……その時代には、それら中間小説雑誌がそれこそ何十万部と売れたから、当然、その書き手たちも世間の脚光を浴び、スターとして遇《ぐう》されることとなった。

笹沢左保《ささざわさほ》もそうしたスター作家の一人であった。多作家として知られ、過去に心中未遂《みすい》（!）の経験があり、数多くの女性と浮名《うきな》を流した。木枯《こが》らし紋次郎《もんじろう》、という大ヒット作品があり、晩年までその華やかな経歴が途切れることはなかった。文壇《ぶんだん》きってのダンディとして知られ、某有名女優との恋愛が女性誌を賑《にぎ》わせたりもした……。

そうした華やかな経歴の作家の作品に、一から十まで、どこからどこまでも、華やかならざる私が興味を持つはずがなかった。笹沢左保が絶頂期だったころ、私は中学生か高校生で、要するに子供だったのだが、子供心に自分とは何の関係もない人という思いが強かったように思う。たとえば同じ中間小説作家でも野坂昭如《のさかあきゆき》は好んで読んだが、笹沢左保には食指《しょくし》が動かなかった。子供ながらも私はおのれの分《ぶ》をよく心得ていた――要するに、そういうことだ。

それがどうしてある時期から、笹沢左保の名を意識にとどめることになったのか？　思うに、それは笹沢左保の傑作《けっさく》「六本木《ろっぽんぎ》心中」が漫画化されたのをマンガ雑誌で見たときからではなかったろうか。

申し訳ないことに、その漫画家さんの名前も、雑誌名も（あまりに大昔のことすぎて）忘れてしまったが、一読、「六本木心中」の漫画に心うたれたことだけは覚えている。その哀切《あいせつ》きわまりないロマンティシズムに情感を揺《ゆ》り動かされた。

のちにアン・ルイスさんが「六本木心中」という曲をヒットさせてしまったために、その衝撃度はかなり薄れてしまったが、「六本木」という当時の最先端を行く街の名と、「心中」というやや古めかしい印象を受ける言葉を並列させた、その言語感覚にはじつに非凡《ひぼん》なものがあるように感じた。急いで笹沢左保の原作「六本木心中」を探した。

小説の「六本木心中」にも当然のことながら、上質のロマンティシズムが結晶されていたが、それ以上に、恋も、夢も、愛もどこか冷たく突き放した虚無《きょむ》感のようなものが透徹《とうてつ》して感じられた。笹沢左保はおのれの小説のロマンティシズムにみずから溺《おぼ》れるような愚《おろ》かな書き方はしていなかった。

とりわけラスト数行のクールさ、残酷《ざんこく》さといったらたまらなかった。若い――というか子供の――それだけにかなりひねくれた小説の読み手であったはずのわたしが、何のてらいもなしに素直に感動した。さすがに泣きこそしなかったが、それに近い読後感だったように記憶している。

中間小説雑誌に書き飛ばしている(ようにわたしには思えた)推理作家たちの作品に偏見があったことは否めない。優《すぐ》れた推理小説が多作できるはずがない、という思い込みが強かった。

それだけに当時、流行作家の最たる存在であった戸川昌子《とがわまさこ》のデビュー作『大いなる幻影』を読んだときの衝撃は大きかった。これは傑作ではないか、とのけぞった。そして、もしかしたら流行作家として大量の作品を書くことができる作家は、それだけ才能が豊かなのであって（もちろん例外はあるだろうが）読むべき価値のある作品が多数あるのではないかという――いまにして思えば当たり前の認識にいたった。

そうであれば、わたしが笹沢左保のデビュー作『招《まね》かれざる客』に手を出すことになったのはある種の必然といっていいだろう。

そして、実際、『招かれざる客』は、そのトリックや動機などがじつによく考え抜かれた推理小説の収穫であり、まさに秀作の名に値する作品であった。これを読んで感嘆せずにいるのはむずかしいだろう。

わたしは、多作家、人気作家を軽んじる傾向のあった（思えば愚かなことではあった）おのれの蒙《もう》をますますひらかれた気がしたものである。

その次に、わたしが注目した笹沢作品は『死人狩《しびとが》り』という作品であって、お読みになればおわかりになると思うが、この作品の設定は連作ミステリーとしてはじつに抜群であって、いわばその理想型といってもいいほどなのだ。これに匹敵《ひってき》するほどの連作ミステリーの設定を思いつくのはなかなかむずかしいように思う。

そしていよいよこの「取調室」シリーズへといたる。

わたしが思うに、警察小説には刑事たちを描くのを主幹《しゅかん》とする作品と、事件を描くのを主幹とする作品の二種類に大別できるのではないだろうか。

前者の代表がエド・マクベインの「87分署」シリーズであり、後者の代表がヒラリー・ウォーの実録犯罪ドキュメント風の一連の小説であるように思う。もちろん、この二作品を対極とし、そのあいだに無慮《むりょ》数千の（もっとかもしれない）大量の警察小説のバラエティが存在するわけなのだが――じつはここにこそ警察小説の最大の泣き所があるといっていい。

つまり刑事を主幹とした警察小説はどうしてもリアリズムを逸脱《いつだつ》しがちであり、事件を主幹にした警察小説は――それが凡手《ぼんしゅ》によるものであればなおさらのこと――無味乾燥な小説におちいりやすいのである。

そのことを考えると、笹沢左保が「取調室」の取調官を主役に据《す》えてシリーズ化する、というアイディアを得たのは、じつに賞賛に値する。

なぜなら、捜査の過程ではなしに、容疑者の取調を物語の基軸にすることで、わずか数人、ときには一人の刑事が事件周辺を歩き回って事件を捜査する――という警察小説、刑事ドラマにありがちな非現実性を根底から払拭《ふっしょく》することができるからだ。

捜査の過程で数十人、あるいはそれ以上の捜査官が聞き込み、地どり、遺留品の調査に当たったとしても、それらをすべて物語の背後に持っていくことで、説明の煩雑《はんざつ》さを最低限に省略することができる。つまり、リアリティを担保《たんぽ》することができるわけなのだ。

それと同時に、魅力的なキャラを取調官に持ってくることで、ともすれば実録風警察小説にありがちな無味乾燥さからも免《まぬか》れることができる。

一石二鳥、いや、一石三鳥のアイディアといっていいだろう。

笹沢左保は、あれほどの多作家でありながら、つねに新趣向、新しいアイディアを模索しつづけるのを忘れなかったらしい。新しいチャレンジに挑みつづけた……これは特筆すべきことではないだろうか。賞賛《しょうさん》されるべきではないか。

たとえばこの「取調室」シリーズだが、その後、似た設定のテレビドラマ・シリーズが放送されたが、取調室だけではもたないと判断されたのか、取調の背景で、少人数の刑事が事件の捜査に当たり、せっかくの設定の妙《みょう》をみずから放棄する愚《ぐ》をおかしている。——取調官を主人公にすることで、獲得しえたはずのリアリティをみすみす台なしにしてしまっているのだ。

さらにNetflixで、『クリミナル』という尋問室を舞台にした警察シリーズが放映されているが、これもやはり捜査官だけを主人公にし、尋問室だけをドラマの舞台にするという潔《いさぎよ》さを最後まで貫徹《かんてつ》できずに、散漫《さんまん》な印象を捨て切れずにいる。

つまり笹沢左保の「取調室」はこのジャンルのパイオニア的作品でありながら、その潔さを終始、貫徹することで、首一つ、ライバルたちを抜き去って、そのクオリティを保持することに成功しているのである。

この作品はすこしも古びていない。いや、それどころか、最新鋭の競合作品たちを相手にし、先行逃げ切るだけの俊足ぶりを見せているのである。――じつに、すばらしいことではないか。

どうか読者の皆さんには「取調室」を心より楽しんでいただきたいと思う。これはそれだけの意味と価値のある作品なのだから。

（この作品『取調室　静かなる死闘』は、二〇〇八年七月、光文社より刊行されたものを底本にしました）

取調室　静かなる死闘

一〇〇字書評

切り取り線

購買動機（新聞、雑誌名を記入するか、あるいは○をつけてください）	
□（　　　　　　　　　　　　　　　）の広告を見て	
□（　　　　　　　　　　　　　　　）の書評を見て	
□ 知人のすすめで	□ タイトルに惹かれて
□ カバーが良かったから	□ 内容が面白そうだから
□ 好きな作家だから	□ 好きな分野の本だから

・最近、最も感銘を受けた作品名をお書き下さい

・あなたのお好きな作家名をお書き下さい

・その他、ご要望がありましたらお書き下さい

住所	〒				
氏名		職業		年齢	
Eメール	※携帯には配信できません	新刊情報等のメール配信を　希望する・しない			

この本の感想を、編集部までお寄せいただけたらありがたく存じます。今後の企画の参考にさせていただきます。Eメールでも結構です。

いただいた「一〇〇字書評」は、新聞・雑誌等に紹介させていただくことがあります。その場合はお礼として特製図書カードを差し上げます。

前ページの原稿用紙に書評をお書きの上、切り取り、左記までお送り下さい。宛先の住所は不要です。

なお、ご記入いただいたお名前、ご住所等は、書評紹介の事前了解、謝礼のお届けのためだけに利用し、そのほかの目的のために利用することはありません。

〒一〇一－八七〇一
祥伝社文庫編集長　坂口芳和
電話　〇三（三二六五）二〇八〇

祥伝社ホームページの「ブックレビュー」からも、書き込めます。

www.shodensha.co.jp/bookreview

祥伝社文庫

取調室《とりしらべしつ》　静《しず》かなる死闘《しとう》

令和 3 年 5 月20日　初版第 1 刷発行

著　者　笹沢左保《ささざわさほ》

発行者　辻　浩明

発行所　祥伝社《しょうでんしゃ》

東京都千代田区神田神保町 3-3
〒101-8701
電話　03（3265）2081（販売部）
電話　03（3265）2080（編集部）
電話　03（3265）3622（業務部）
www.shodensha.co.jp

印刷所　萩原印刷
製本所　ナショナル製本
カバーフォーマットデザイン　芥 陽子

造本には十分注意しておりますが、万一、落丁・乱丁などの不良品がありましたら、「業務部」あてにお送り下さい。送料小社負担にてお取り替えいたします。ただし、古書店で購入されたものについてはお取り替え出来ません。

Printed in Japan ©2021, Sahoko Sasazawa　ISBN978-4-396-34729-1 C0193

祥伝社文庫の好評既刊

笹沢左保　霧に溶ける

ミス・コンテスト最終審査目前、美女五人が次々と襲われる。完全犯罪の企みと女の狂気が引き起こす事件の真相とは！

山田正紀　恍惚《こうこつ》病棟　新装版

死者からの電話がすべての始まりだった──。トリックを「知ってから」さらに深みを増す驚愕の医療ミステリー。

小杉健治　裁きの扉

刑事の失踪、調査員の謎の死──幼稚園の廃園と土地売却に加担する、悪徳弁護士の封印した過去とは？

小杉健治　灰の男㊤

B29を誘導するかのような放火、空襲警報の遅れ──昭和二十年三月十日の東京大空襲は仕組まれたのか⁉

小杉健治　灰の男㊦

愛する者を喪いながら、歩みを続けた昭和の人々への敬意。衝撃の結末が胸を打つ、戦争ミステリーの傑作長編。

小杉健治　偽証《ぎしょう》

誰かを想うとき、人は嘘をつくのかもしれない。下町を舞台に静かな筆致で人の情を描く、傑作ミステリー集。